KB220978

필경사 바틀비

**클래식 보물창고 24**

# 필경사 바틀비

**펴낸날** 초판 1쇄 2013년 9월 25일 | 초판 2쇄 2022년 6월 20일
**지은이** 허먼 멜빌 | **옮긴이** 한지윤
**펴낸이** 신형건 | **펴낸곳** (주)푸른책들 · **임프린트** 보물창고 | **등록** 제321-2008-00155호
**주소** 서울특별시 서초구 양재천로7길 16 푸르니빌딩 (우)06754
**전화** 02-581-0334~5 | **팩스** 02-582-0648
**이메일** prooni@prooni.com | **홈페이지** www.prooni.com
**인스타그램** @proonibook | **블로그** blog.naver.com/proonibook

ISBN 978-89-6170-340-6  04840
* 잘못된 책은 구입한 곳에서 바꾸어 드립니다.

이 도서의 국립중앙도서관 출판시도서목록(CIP)은 서지정보유통지원시스템 홈페이지(http://seoji.nl.go.kr)와
국가자료공동목록시스템(http://www.nl.go.kr/kolisnet)에서 이용하실 수 있습니다.
(CIP제어번호: 2013013921)

표지 그림 | 코르넬리스 노르베르투스 히스브레흐츠 作 '착시화'(1672)

보물창고는 (주)푸른책들의 유아, 어린이, 청소년, 문학 도서 임프린트입니다.

*Bartleby, the Scrivener*

# 필경사 바틀비

허먼 멜빌 지음 | 한지윤 옮김

보물창고

# 차 례

나는 나이를 꽤나 먹은 사람이다. 직업적으로 지난 30년간 나는 흥미롭고도 특이한 어느 직업군의 사람들을 많이 접하며 살았는데, 바로 법률 문서의 필경사(筆耕士)들이다. 그들에 관한 기록은 별로 없지만 나는 사적으로든 공적으로든 그들을 잘 알고 있기에 상황이 주어진다면 그들 중 몇몇 사람에 대해 한 번쯤 이야기해 보고 싶었다. 당신이 만약 인품 좋은 신사라면 미소를 지을 것이고 정이 많은 사람이라면 눈물을 지으리라.

오늘은 내가 알던 필경사들 중 가장 특별했던 바틀비에 대해 이야기를 해 보려 한다. 다른 필경사들에 관해서라면 일대기 전체를 쓸 수도 있겠지만 바틀비에 대해서는 그런 전기를 쓸 수 없다. 전기를 쓸 만큼의 자료가 존재하지 않기 때문이다. 쓰이기만 한다면야 문학사적으로 가치도 클 텐데 아쉬운 바이다. 어쨌든 바틀비는 그렇게 일차적인 경로가 아니면 아무것도 알아낼 수 없는 사람이었다. 더구나 그런 방법으로 얻은 정보들마저도 매우 미미하다. 내가 끝에 가서 언급하게 될 애매모호한 풍문 하나 말고는, 바틀비에 대해 알고 있는 모든 것은 내가 직접 보고 듣고 겪은 것이 전부이다. 이 필경사가 내 삶에 들어왔던 때를 말하기 전에 먼저 나와 내 직원들 그리고 나의 일과 사무실 등 주변 이야기를 해야 하는 것이 필수 불가결하다. 앞으로 소개하려는 우리의 주인공을 충분히 이해하기 위해서는 말이다.

나에 대해 말할 것 같으면 오래전부터 평탄한 삶이 최고라는 확신을 갖고 살아온 사람이다. 비록 격정적인 순간들도 많고 늘 긴장해야 하며 때로는 여러 크고 작은 소동에 휘말리게 되는 직업을 갖고 있지만 아직까지 나는 그런 것들 때문에 내 평화를 깬 적은 없다. 나는 배심원을 향해 열띤 변론을 하거나 대중에게 갈채를 받은 적이 전혀 없는, 야망 없는 변호사들 중 하나이며 조용하고 아늑한 사무실에 앉아 부자들의 채권, 저당 증서,

부동산 권리 증서 등을 다루는 편안한 일들을 해 왔다. 나를 아는 모든 이들은 나를 안전한 사람이라고 말한다. 고(故) 제이콥 애스터(*19세기 무역과 부동산 등의 사업으로 크게 성공한 당대 미국의 최고 부호. 이하 *표시—옮긴이 주)께서는, 낭만이라고는 별로 없는 분인데 나의 첫째 장점이 신중함이고 둘째 장점은 꼼꼼함이라고 했었다. 뜬금없이 그분을 언급했지만 그저 당신이 작고하실 때까지 그분은 나를 쭉 변호사로서 곁에 두셨다는 사실을 기록하고 싶었다. 사실 나는 그를 언급하는 것을 꽤나 좋아하는데, 그의 이름에는 입술을 둥글게 해서 발음하는 원순음(*입술 모양을 동그랗게 오므렸다 펴면서 내는 소리.)이 있어 마치 금 구슬이 구르는 듯한 소리가 나기 때문이다. 덧붙이자면 나는 나에 대한 존 제이콥 애스터의 평가가 그리 싫지 않았음을 밝힌다.

이 짧은 이야기가 시작되는 시점으로부터 얼마 전, 나는 갑자기 바빠지게 되었다. 지금은 뉴욕 주에서 사라진 형평법(*회사와 관련된 소송, 특허 분쟁 등을 관할하는 일.) 법원의 주사(*관련 사무를 관장하는 사람.) 자리를 맡게 되었기 때문이다. 힘들지 않은 업무에 비해 보수가 좋은 일이었다. 나는 좀처럼 화를 내지 않는 편인 데다 부정이나 폭력에 대해 분노하여 위험을 초래하는 일은 굉장히 자제하는 편이다. 하지만 독자들은 내가 여기서 그때 그 형평법 재판소의 판사 보좌관 사무실을 폐지한 신헌법이 어처구니없고 시기상조한 결정이었다고 말하는 것을 양해해 주길 바란다. 평생 동안 할 수 있을 것이라 기대했지만 불과 몇 년밖에 못하고 끝나 버렸기 때문이다.

내 사무실은 월 가(街) ○○번지 2층이었다. 사무실 한쪽 끝에 서면 건물 맨 아래에서부터 옥상까지 수직으로 천장이 나 있는 넓은 통풍로의 흰색 내벽이 보였다. 풍경화를 그리는 화가가 보기에는 '생명력'이 결여된 것 같은 단조로운 공간일 것이다. 그에 비해 반대쪽은 비교적 다채로웠다. 그쪽 창밖으로는 그나마 벽돌 벽이 보였으니 말이다. 하지만 그 벽 또한 오래된 데다 볕이 들지 않아 늘 거무튀튀한 색을 유지하고 있었다. 이 벽에 숨겨진 아름다움을 보기 위해 망원경 같은 것은 필요 없었다. 창문 유리에서 3미터도 안 되는 거리에 바짝 붙어 있었기 때문에 눈이 나쁜 사람조차도 볼 수 있었다. 주위의 건물들이 매우 높고 나의 사무실은 2층에 있었기 때문에 그 벽과 나의 사무실 건물 벽 사이의 간격은 거대한 정방형의 물탱크 크기 정도였을 게다.

바틀비를 들이기 전, 나는 이미 두 명의 법률 필경사와 장래가 촉망되는 소년 하나를 사동(*잡무를 돕는 아이.)으로 두고 있었다. 두 필경사는 각각 '터키'(*칠면조를 뜻하지만 '바보, 얼간이, 주정꾼'이라는 속뜻도 있는 단어이다.)와 '니퍼즈'(*펜치를 뜻하지만 '자르다, 물다'라는 뜻이 있다.)이라 불렸고, 사동은 '진저넛'(*생강 쿠키.)이었다. 실제 이름들이 아닌, 직원들이 서로를 부르는 별칭으로서 각자의 외모나 성격을 표현해 부르는 이름들이었다. 터키는 키가 작고 숨이 자주 가빠지는 내 또래, 그러니까 곧 환갑을 맞을 영국 남자였다. 아침에는 불그스름한 혈색 좋은 모습이었다가 점심시간인 정오를 지나면서 불을 잔뜩 뗀 크리스마스의 벽난로처럼 벌겋게 달아오르다가 저녁 여섯 시쯤이 되면 차츰 사그라졌다.

나는 저녁 여섯 시 이후 그의 얼굴을 더 이상 보지 못했지만, 그의 얼굴은 흡사 태양과 같은 주기로 달아올랐다가 사그라지곤 하는 것 같았다. 살면서 기이한 우연들을 많이 보아 왔지만, 터키의 얼굴이 가장 붉고 환하게 빛나는 그때가 바로 그의 업무 능력 수치가 떨어지기 시작하는 시간이라는 것은 매우 신기한 일이다. 그 시간에 그는 일을 안 하거나 거부하는 것이 아니었다. 너무나 에너지가 넘치는 나머지 쉽게 흥분하여 허둥댔고, 변덕스럽고 무모하여 일을 그르쳤다. 그 시간에 그는 잉크병에 펜을 담그며 무수한 실수들을 저질렀다. 내 서류에 있는 잉크 얼룩들은 모두 그가 정오 이후에 떨어뜨린 것이다. 문제는 더욱 유난스러운 날들이었는데, 그럴 때면 그의 얼굴은 무연탄 위에 촉탄을 쌓아 올린 것처럼 더욱 시뻘게진 채 의자로 시끄러운 소리를 내기도 했고 모래 통을 엎지르기도 했다. 펜을 고쳐 보려고 부산을 떨다가 외려 펜이 부서지고 또 그것에 대해 분노하여 펜을 바닥으로 내던지기도 했다. 그러고는 일어서서 책상 위로 몸을 굽혀 나이에 걸맞지 않게 경박스러운 움직임으로 서류들을 이리저리 휘날리며 감정을 폭발시키곤 했던 것이다.

그처럼 나이가 지긋한 남자가 그런 모습을 보인다는 것은 매우 안타까웠지만 그는 어쨌든 내게 중요한 사람이었다. 정오가 되기 전까지는 일처리도 빠르고 성실한, 매우 유능한 직원이었으니 말이다. 그러기에 그의 이상한 행동들을 눈감아 주고 있었다. 하지만 가끔 충고를 해야만 했던 것도 사실이다. 하지만 나는 충고를 하면서도 인자함을 잃지 않기 위해 노력했다. 그가 오전에는 정중 아니, 온화하고 공손한 사람이었지만 오후에는 어떠한 자극을 받으면 경솔 아니, 건방진 태도를 보였기 때문이다. 나는 오전마다 그의 업무 능력을 높이 평가하며 그를 계속 데리고 있어야겠다고 결심했지만, 정오 이후에는 어김없이 그의 발광(發狂)을 참기가 힘들었다. 평화를 중요시하는 나는 그가 내 훈계에 반발하는 것이 불편했다. 어느 토요일(그는 토요일이면 상태가 더 심해졌다.), 나는 정오에 결단을 내렸다. 이제는 나이도 있으니 근무 시간을 줄이는 것이 어떻겠냐고 다정한 말투로 말해 보기로 결심한 것이다. 열두 시 이후에는 사무실에 나오지 말고 점심 식사가 끝나면 집으로 갔다가 오후의 티타임 때까지 휴식을 갖는 것이 어떻겠냐고 말이다. 하지만 나의 계획은 성사되지 않았다. 그가 오후에도 열심히 일하겠다며 고집을 피운 것이다. 그는 대단히 화가 난 표정으로–사무실 맞은편을 향해 긴 자를 흔들어 대면서–자신이 오전 근무 때 일을 잘한다는 것을 인정한다면 오후 시간도 낭비할 수는 없는 노릇이라며 이렇게 말했다.

"외람된 말씀입니다만 변호사님, 저는 제가 변호사님의 오른팔이라고 항시 생각해 왔습니다. 오전에는 군대를 소집해서 배치시키고 오후에는 제가 군대의 선두에 서서 적에게 돌격하는 시간이지요. 이렇게 말입니다."

그러면서 그는 자를 이리저리 휘두르며 상대를 찌르는 시늉을 해 보였다.

"하지만 터키, 얼룩 말일세."

내가 눈치를 주었다.

"그건 죄송하지만요, 변호사님. 아니, 제 머리 좀 보세요. 저도 늙어 가고 있답니다. 나른한 오후에, 얼룩 고거 한두 개

떨어뜨렸다고 해서 머리에 이렇게 서리가 내리고 있는 늙은이에게 뭐라 하시는 건 아니지요. 설령 문서 한쪽 전체를 얼룩으로 도배한다 하더라도 노인은 공경해야 하는 것 아닙니까. 변호사님, 우린 같은 처지 아닙니까?"

동병상련을 자극하니 나도 백기를 들 수밖에 없었다. 나는 그가 일찍 퇴근하지 않으리라는 것을 깨달았고 그를 그대로 두기로 하였다. 하지만 속으로는 오후에는 덜 중요한 서류를 맡기기로 굳게 다짐하였다.

두 번째 고용인은 니퍼즈인데 구레나룻을 기르며 혈색이 좋지 않은, 전체적으로 어쩐지 해적 같은 인상을 풍기는 스물다섯 살 정도의 청년이었다. 내가 보기에 그는 두 가지 사악한 힘-야망과 소화 불량-의 희생자였다. 야망, 그렇다. 그는 필경사라는 단순한 업무를 하는 직업에 만족하지 못하는 사람이었다. 그래서 법률 문서를 직접 작성하는 전문적인 범위까지 넘보려 드는 일이 종종 있었다. 소화 불량은 그를 신경질적이거나 무뚝뚝하게 만들었다. 그 때문에 필사를 하며 실수를 했을 때 이를 갈거나 업무가 쌓일 때면 악담을 중얼거렸다. 그는 특히 자신의 책상 높이에 대해 끊임없이 불만을 토로했다. 그는 무언가를 고치거나 만드는 데 재주가 뛰어난 사람이었지만 자신의 책상만큼은 절대 자신에게 꼭 맞게 고쳐 내지 못하는 듯했다. 그는 갖가지 나뭇조각이나 종이 뭉치들을 책상 다리 밑에 받쳐 보기도 하고 결국 마지막에는 압지를 접어 정밀한 조절까지 시도했었다. 하지만 아무것도 소용이 없었다. 그는 결국 편한 허리 자세를 만들기 위해 책상 뚜껑의 각도를 턱에 닿을 정도로 높게 세워 마치 네덜란드식 가파른 집의 지붕을 책상으로 삼는 사람처럼 필사를 시도했다가 곧 팔에 피가 통하지 않는다고 중얼거렸다. 반대로 책상 높이를 허리까지 낮추고 몸을 구부리면 또 등이 아프다고 했다. 그랬다. 문제는 책상이 아닌 자신이 원하는 높이를 모른다는 데에 있었다. 아니, 만약 그가 원하는 게 있다면 어쩌면 그 필경사의 책상 자체를 아예 떠나는 것이었으리라.

그의 병적인 야망에 대한 증상 중 하나는 그가 고객이라 일컫는 허름한 외투를 입은 정체불명의 사람들의 방문을 매우 기뻐한다는 것이었다. 나는 그가 때로 선거구에서 꽤 중요한 정치적인 일을 돕기도 했으며, 가끔 치안 재판소에서 일하기도 했고, 툼즈(\*무덤이라는 뜻이며 1836년에 맨해튼 남쪽에 세워진 뉴욕의 법무 청사 및 감옥의 별칭.) 쪽 사람들 사이에서는 이미 어느 정도 유명하다는 사실도 알고 있었다. 하지만 나는 내 사무실로 그를 찾아와 오만한 태도로 니퍼즈의 고객 행세를 했던 한 사람이 다름 아닌 채권자였으며, 그들이 부동산 권리 증서라고 내민 것이 청구서에 불과했다는 사실을 확신하는 근거 몇 가지를 알고 있었다. 하지만 이런 모든 결점들과 그로 인해 불거지는 여러 불상사들에도 불구하고 그 역시 터키처럼 꽤나 쓸모 있는 직원이었다. 그의 필사는 빠르고 깔끔했으며 행동거지 또한 신사다웠다. 게다가 옷도 언제나 멀끔하게 차려입고 다녔다. 이런 것들은 알게 모르게 나의 변호사 사무소에 대한 평판을 좋게 만들었다. 터키는 그 반대였지만 말이다. 나는 늘 그가 사무실의 위신을 떨어뜨리는 일을 할까 봐 진땀을 빼야 했다. 그의 옷은 항상 때에 절어 있었고 늘 식당 냄새가 났다. 여름에는 헐렁한 바지를 걸치고 다녔다. 겨울에는 끔찍할 정도로 이상한 외투에 손댈 수도 없는 더러운 모자를 쓰고 다녔다.

그나마 영국인의 예의범절을 지키고 있는 사람이어서 사무실로 들어오는 순간에 그는 항상 모자를 벗었다. 하지만 모자는 그렇다 치더라도 외투는 심각한 문제였다. 나는 외투에 관해 그를 설득해 보았지만 소용이 없었다. 수입이 적었으므로 그렇게 좋은 얼굴과 좋은 코트를 모두 유지할 수는 없었을 것이다. 그랬다. 언젠가 니퍼즈가 귀띔해 준 대로 터키는 거의 모든 수입을 먹고 마시는 데에 썼던 것이다. 어느 겨울날, 나는 터키에게 꽤나 좋은 외투 한 벌을 선물했던 적이 있다. 솜을 누벼 편안하고 따뜻한, 무릎부터 목까지 단추가 잠기는 쥐색 외투였다. 심지어 나는 터키가 이런 호의에 감사하는 마음을 갖고 오후의 그 경솔하고 소란스러운 행동들을 자제해 줄지도 모른다는 기대까지 하였다. 하지만 아니었다. 외려 그렇게 포근한 담요 같은 외투를 입혀 단추를 채워 준 일이 그에게 더 악영향을 끼쳤다고 믿어 의심치 않는다. 말에게 귀리를 너무 많이 주면 안 되는 진리처럼, 좋은 외투를 입은 터키는 더욱더 기고만장해졌던 것이다. 물질적 풍요가 외려 해가 되는 사람이었다.

터키의 오만 방자함에 대해서는 어느 정도 간파하고 있었지만, 니퍼즈는—비록 다른 단점들이 있다 한들—적어도 술은 하지 않는 청년이라고 믿었다. 하지만 사실 그는 선천적으로 술에 취한 것 같은 사람이었다. 태어날 때부터 브랜디와 같은 기질이 충만하여 술을 마실 필요조차 없었던 것이다. 가끔 니퍼즈가 고요한 사무실에서 벌떡 일어나 책상 위로 몸을 굽히고는 양팔을 벌려 책상을 잡고 흔들어 대며 마치 자기 업무의 모든 것을 망치려는 의도를 가진 사람처럼 책상을 뒤집어 놓을 때가 있다. 나는 그럴 때마다 그에게 술은 전혀 필요하지 않다는 것을 다시금 깨닫곤 한다. 하지만 불행 중 다행이라고 호운이 하나 있었다. 니퍼즈의 짜증과 그로 인한 신경질은 그 특별한 원인—소화 불량—때문이었으므로 이런 일들은 주로 오전에 나타났고, 오후에는 비교적 온순한 성질을 유지한다는 사실이었다. 터키의 발작이 정오를 넘어서야 나타나니 두 사람이 나를 한꺼번에 괴롭히는 일은 없었다. 그들은 마치 교대 근무를 서듯 돌아가며 발작을 일으켰다. 니퍼즈의 발작이 시작되면 터키는 조용했다. 터키가 발작을 일으킬 때면 니퍼즈는 평정심을 되찾고 일에 열중했다. 이런 힘겨운 상황 속에서도 참으로 천만다행의 조합이 아니던가.

세 번째 직원 진저넛은 열두 살 정도 먹은 사내아이였다. 그의 마부 아비는 자신이 죽기 전에 자신의 아들이 마부석 대신 판사석에 올라앉는 모습을 보고야 말리라는 야심을 가진 자였다. 그래서 그는 아이를, 주당 1달러를 받으며 심부름과 청소를 하고 법률도 배울 수 있는 내 사무실에 취직시킨 것이다. 나는 그 아이에게 작은 책상 자리를 주었지만 아이는 별로 쓰지 않았다. 책상 검사를 할 때면 책상 서랍에는 온갖 종류의 견과류 껍데기들만 수북했다. 이 영특한 소년은 법학이라는 대단한 학문이 전부 견과류 껍데기 안에 담겨 있다는 것을 벌써 알고 있었던 것이다.(*견과류 껍데기를 뜻하는 'Nutshells'는 '방대한 내용을 작고 단단하게 요약하다.'라는 뜻도 있다. 또한

'Nutshells'라는 법학 교과서 시리즈가 유명하다. 화자는 여기서 소년의 행동을 재미있게 비판한 것이다.) 진저넛이 하는 일 중 다른 것만큼 중요하며 그가 아주 훌륭하게 잘 해내고 있는 일은 터키와 니퍼즈에게 쿠키와 사과를 배달하는 일이다. 법률 문서를 필사하는 일은 잘 알려진 대로 매우 무미건조한 일이라서 두 필경사 모두 세관과 우체국 근처에 들어선 노점상에서 산 스피천버그(*미국산 사과의 한 종.)로 갈증을 해소하고 싶어 했다. 또한 특이한—작고 납작하고 둥글며 향신료가 잔뜩 든—쿠키를 자주 사 오게 시켰는데, 그 쿠키의 이름을 따서 이 사동을 진저넛이라고 부르는 것이었다. 춥고 업무가 지루할 때면 터키는 그 생강 쿠키—1페니에 여섯 개나 여덟 개 들이였다.—가 웨이퍼(*작고 얇게 구운 과자.)라도 되는 마냥 수십 개씩 게걸스럽게 먹어 댔다. 펜이 종이를 긁는 소리가 쿠키 조각이 그의 입안에서 씹히는 소리와 한데 섞였다. 터키가 오후에 흥분해서 저지른 만행 중에, 그가 생강 쿠키를 입에 물고 침으로 적신 다음 인장 대신 저당 증서에 붙여 놓은 것이 있었다. 당시 나는 그를 해고하려고 했다. 하지만 그가 동양식으로 큰절을 하며 내게 매달렸다. 이렇게 말이다.

"외람된 말씀입니다만 변호사님, 제 사비로 산 것으로 사무실 물품을 절약한 것이 아닙니까?"

어찌 되었든 나의 원래 주된 의뢰—재산 양도, 부동산의 권리와 관련된 온갖 종류의 난해한 서류 작성—들은 법원의 주사직을 맡으며 더욱 많이 들어왔다. 필경사들의 일감도 크게 불어나 현재의 직원들을 닦달할 뿐만 아니라 급기야 새로운 직원을 구해야 할 상황에까지 이르렀다. 광고를 냈고 곧 사람이 찾아왔다. 더운 날씨 탓에 열어 두었던 사무실 문간에 한 젊은이 하나가 미동도 않고 서 있었다. 나는 여전히 그 모습을 생생히 기억한다! 창백할 정도의 단정함, 애처로울 정도의 기품 그리고 치유할 수 없을 것만 같은 고독함……! 바틀비였다.

자격에 관해 간단한 면접을 본 후 나는 그를 채용했다. 나의 필경사 사단에 그토록 침착한 사람이 포함된다는 사실이 기뻤다. 그런 그의 성격이 터키의 과격함과 니퍼즈의 광기에도 좋은 영향을 끼칠 것이라고 생각했다.

미리 언급하지 못하고 지나갔지만, 사무실은 반투명 유리 접이문을 사이에 두고 둘로 나뉘어 있었다. 한쪽은 필경사들의 공간이고 다른 한쪽은 나의 공간이었다. 나는 기분에 따라 이 문을 열어 두기도, 닫아 두기도 하였다. 바틀비에게는 내 쪽 공간의 접이문 옆 구석진 곳에 자리를 주었다. 조용한 사람을 두고 싶었고 부르기도 쉬울 거라고 생각했기 때문이다. 나는 그의 책상을 방의 측면에 나 있는 작은 창문에 붙여 놓았다. 원래는 창문 너머로 조금 지저분한 뒤뜰과 벽돌들이나마 보였던 곳이지만 지금은 건물이 세워져 약간의 빛만 들어올 뿐 경치 같은 것은 전혀 볼 수 없는 창이었다. 유리창에서 1미터 떨어진 곳에 벽 하나가 있었다. 마치 둥근 천장의 작은 구멍을 뚫고 들어오는 것 마냥 한 줄기의 빛이 높은 두 건물 사이를 비집고 떨어지는 곳이었다. 업무 공간을 좀 더 효율적으로 쓰기 위해 키가 큰 초록색 접이식 간이 칸막이를 세워 서로의 모습을 차단하되 목소리는 들리도록 했다. 어느 정도의 사생활 보호를 유지하고 소통 또한 가능하게 하려고 했다.

바틀비는 초반에 어마어마한 양의 필사를 했다. 오랫동안 쓰는 일에 굶주렸던 사람처럼 그는 나의 서류를 먹어 치우듯 필사를 했다. 소화를 시키기 위해 쉬는 법도 없었다. 낮이면 햇빛에, 밤이면 촛불에 의지해 일을 했다. 다만 걸렸던 것은 그가 기분 좋게 일을 한 게 아니었다는 점이다. 그는 말없이, 창백한 얼굴로, 기계적으로 필사를 했다.

필경사가 반드시 해야 하는 업무 중에 하나가 자신이 필사한 것이 정확한지 한 자 한 자 검토하는 일이다. 한 회사에 두 명 이상의 필경사가 있을 때 한 사람이 필사본을 읽고 다른 사람이 필사를 하는 식으로 협력하며 검토하기 나름이다. 매우 따분하고 피곤한 작업이긴 하다. 다혈질인 사람들에겐 매우 힘겨운 일이리라. 혈기 왕성한 시인 바이런(*영국의 대표적 낭만주의 시인으로서 성격이 걸걸하고 자유분방했다고 알려져 있다.)이 바틀비와 나란히 앉아 구불구불한 필기체로 쓰인 500장의 법률 문서를 검토하는 모습은 아마 상상도 못할 것이다.

가끔씩 일이 바쁠 때는 내가 직접 서류 검토를 돕기도 한다. 그런 경우 나는 내 자리에서 작업을 하며 터키나 니퍼즈를 불렀다. 바틀비를 칸막이로 가리되 내 공간 쪽에 둔 이유 중 하나도 이런 경우에 그를 부르고자 함이었다. 그날은 내 기억으로 그가 일하기 시작한 지 3일째 되는 날이었다. 그때까지는 바틀비가 자신의 필사를 검토할 것이 아직 없는 상태였다. 나는 급하게 처리해야 할 작은 일을 마무리하다가 바틀비를 불렀다. 나는 당연히 바틀비가 즉시 내 곁으로 올 것이라 여겨 고개를 숙인 채 내 책상에 놓인 원본을 들여다보며 사본을 쥔 오른손을 앞으로 뻗은 상태였다. 그가 빨리 이 서류를 받아 일을 시작했으면 하는 생각에서 말이다. 심지어 나는 그런 상태로 바틀비를 기다리며 그가 해 주었으면 하는 일에 대해 설명하고 있었다. 하지만 바틀비가 자신의 구석 자리 은둔처에서 움직이지 않고 그 특유의 침착하면서도 단호한 목소리로 "하지 않는 쪽을 선호하겠습니다."라고 말했을 때 내가 얼마나 놀랐을지 아니, 경악했을지 그대들은 상상이 가는가?

나는 너무나 놀라 어안이 벙벙하였다. 일단 내가 잘못 들었거나 바틀비가 나의 말을 오해했을지도 모른다고 생각했다. 그래서 나는 내가 말할 수 있는 가장 정확한 문장으로 다시 한번 부탁을 했다. 그런데 나만큼이나 정확한 어조로 그가 이렇게 대답하는 것이 아닌가.

"하지 않는 쪽을 선호합니다."

"하지 않는 쪽을 선호……?"

나는 그의 말을 되풀이했다.

그러고는 몹시 흥분한 채 자리에서 일어서서 사무실을 가로질러 그에게 다가갔다.

"그게 무슨 말인가? 아니, 자네 어떻게 된 것 아닌가? 여기 이 서류를 비교해 달란 말이네. 어서 받게!"

나는 서류를 그에게 들이밀었다.

"하지 않는 쪽을 선호합니다."

그가 말했다.

나는 분노에 차 그를 노려보았다. 그의 여윈 얼굴은 태연했으며 잿빛 눈은 무겁게도 평온했다. 그는 한 치의 흔들림도 없었다. 그에게서 약간이라도 불안함이나 화, 초조함이나 혹은 불손의 기색이 비쳐졌더라면, 그러니까 조금이라도 평범하고 인간적인 모습이 있었더라면 나는 분명 그 자리에서 그를 내쫓았으리라. 비록 사무실에 세워 둔 허여멀건 키케로(*고대 로마 사람으로 정치 생활 중 카이사르와 적대 관계를 형성하다가 정치계에서 쫓겨났다.) 흉상을 내쫓는 것이 더 현실적이라는 것을 곧 깨달았지만 말이다. 나는 다시 필사를 시작한 그를 한동안 노려보다가 내 책상으로 돌아왔다. 이상한 사람이었다. 어떻게 해야만 했을까? 하지만 당시에는 우선 일이 밀려 있었으므로 업무를 끝낸 후에 생각하자고 결정했다. 나는 곧 건너편에서 니퍼즈를 불러 서류를 검토시켰다.

이 사건이 있은 지 며칠 후 바틀비는 네 건의 긴 문서를 완성했다. 형평법 고등 법원에서 받아 낸 네 통의 증언에 대한 사본이었다. 매우 중요한 소송이었기에 철두철미한 준비가 불가피한 사건이었고 철저한 검토는 필수 불가결했다. 검토 전 모든 준비를 마친 후 나는 옆방의 터키와 니퍼와 진저넛을 불렀다. 사본 네 통을 각각 직원들에게 맡기고 원본은 내가 검토할 생각이었다. 터키와 니퍼와 진저넛이 일렬로 앉은 후 각자의 서류를 받아들었고, 나는 바틀비를 불렀다.

"바틀비, 서두르게. 자넬 기다리고 있지 않나!"

카펫을 깔지 않은 바닥에 의자 다리가 긁히는 소리가 천천히 들려왔고, 바틀비가 자신의 은둔처 입구에서부터 모습을 드러냈다.

"무슨 일이신지요?"

그가 침착한 말투로 물었다.

"필사본, 필사본 말이네. 지금부터 필사본을 검토할 거야.
자, 여기."

나는 빠르게 말하며 그에게 네 번째 사본을 내밀었다.

"하지 않는 쪽을 선호하겠습니다."

그는 이렇게 말하고 다시 칸막이 뒤쪽으로 사라졌다.

나는 소금 기둥(*창세기 19장 26절에 등장하는 이야기로, 사람
이 굳어 소금 기둥이 되었다는 내용을 인용한 것이다.)으로 변하고
말았다. 그렇게 나는 일렬로 앉은 내 직원들 앞에서 꿈쩍도 못
한 채 멍하니 서 있었다. 정신을 차린 후 나는 칸막이 뒤로 가
서 방금 전 그의 어이없는 행동에 대해 문책했다.

"대체 왜 하지 않겠다는 거지?"

"하지 않는 쪽을 선호합니다."

다른 사람이었다면 나는 분개하며 그에게 한껏 굴욕감을 주
고 쫓아냈으리라. 하지만 바틀비에게는 나의 적의를 가라앉힐
뿐만 아니라 나를 당혹스럽게 만들고 어떤 감동까지 느끼게
하는 묘한 힘이 있었다. 나는 그에게 이 일의 합리성을 피력하
기 시작했다.

"우리가 검토하려 하는 것은 바로 자네가 끝낸 필사본이네. 한 번만 검토하면 네 통에 대한 검토가 끝나니 자네의 수고를 덜어 주는 것 아닌가? 이건 당연한 관례네. 필경사라면 누구나 자신의 필사본을 검토하는 일에 협조해야 하는 것 아닌가? 대답을 해 보게. 대답을 좀 해 보라고!"

"하지 않는 쪽을 선호합니다."

그가 플루트 소리 같은 목소리로 대답했다.

그는 내가 말하는 모든 것을 신중히 듣고 있었다. 나의 말을 완전히 이해하고 있었다. 하지만 불가피하게 부정할 수밖에 없다는 듯이 보였다. 동시에, 어떤 더 중요한 무언가 때문에 그렇게 할 수밖에 없다는 것처럼 보였다.

"그렇다면 자넨 나의 요구에 따르지 않기로 한 건가? 통상적인 관례와 상식에 따른 요구임에도 불구하고?"

그가 그 점에 대해서는 내 추측이 맞다고 동의해 주었다. 그러나 그의 결정은 뒤바뀔 수 없는 성질의 것이었다.

사람이란 극도로 불합리한 방식으로 위협을 당하면 가장 확고했던 믿음마저 흔들리기 시작한다. 다시 말해, 정의와 이성이 모두 상대방의 편에 서 있다고 생각하게 되는 것이다. 그래서 만약 그 상황에 대한 이해관계가 없는 사람들이 현장에 함께 있다면 이런 마음을 다잡기 위해 그들에게 도움을 요청하게 된다는 말이다.

"터키, 대체 이걸 어떻게 생각하시오? 지금 내가 틀린 게 요?"

내가 물었다.

"외람된 말씀입니다만 변호사님, 전 변호사님이 옳다고 생각합니다."

터키가 매우 온화한 어조로 대답해 주었다.

"니퍼즈, 자네는 어떻게 생각하는가?"

"사무실에서 당장 내쫓아야 합니다."

(예리한 독자라면 지금 터키의 대답은 공손했으며 침착했지만, 니퍼즈는 흥분한 상태의 어휘를 사용하고 있다는 것을 눈치챘을 것이다. 앞서 말했듯이 오전이라 니퍼즈는 지금 나쁜 성미가 작동 중이었고, 터키는 꺼진 상태였다.)

"진저넛, 너는 어떻게 생각하느냐?"

나는 약간의 지지라도 더 받고 싶은 마음이었다.

"변호사님, 제 생각에 저분은 살짝 미치신 것 같은데요."

진저넛이 씨익 웃으며 대답했다.

나는 칸막이 쪽을 바라보며 이렇게 말했다.

"사람들 이야기를 들었나? 이리 와 자네의 의무를 다하게."

하지만 그는 대답하지 않았다.

나는 당혹감에 휩싸인 채 잠시 생각해 보았다. 하지만 역시 이번에도 업무가 밀린 상태였으므로 나는 한 번 더 이 점입가 경의 상황에 대한 결정을 다음으로 미루었다.

벅차기는 했지만 그래도 바틀비 없이 서류 검토를 마쳤다. 하지만 터키는 한두 장이 끝날 때마다 이런 식의 일은 완전히 관례에 어긋난다고 정중하게 의견을 토로했고, 니퍼즈는 소화 불량으로 인한 신경과민이 도져 의자에서 몸을 비틀어 댔고 때때로 이까지 갈며 칸막이 뒤쪽의 멍텅구리에 대해 욕을 해 댔다. 니퍼즈에게 있어서 수당도 없이 다른 사람의 일을 대신 해 주는 경험은 이번이 처음이자 마지막이었을 것이다. 그러는 동안 바틀비는 자신만의 업무 말고는 아무것도 신경 쓰지 않은 채 자신의 은둔처에 머물러 있었다.

며칠이 지났고 이 필경사는 조금 오래 걸리는 새로운 업무를 작업 중이었다. 최근에 그가 보인 별난 행보 때문에 나는 그를 예의 주시하고 있었다. 그러면서 나는 몇 가지 사실을 알게 되었다. 일단 그는 식사를 하러 나가지 않았다. 사실 그는 아무 곳에도 가지 않았다. 내가 아는 한 그는 사무실 밖으로 한 번도 나가지 않았던 것이다. 그는 구석에 박힌 보초병 같았다. 그리고 나는 오전 열한 시쯤에 진저넛이 바틀비의 칸막이로 온다는 것도 알게 되었다. 마치 내가 앉은 곳에서 보이지 않게 바틀비가 손짓을 하는 듯했다. 그럴 때마다 이 사동은 1페니짜리 동전 몇 개를 짤랑거리며 받아 들고는 사무실을 나섰다. 그리고 생과자를 한 움큼 사 들고 사무실로 돌아와 그의 은둔처에 배달하는 것이었다. 사동 아이는 수고비로 쿠키 두어 개를 받아 가곤 했다.

바틀비는 생강 쿠키를 먹고 사는 것인가? 나는 생각했다. 제대로 된 식사를 전혀 하지 않는다는 것인가……? 그렇다면 저 사람은 채식주의자인가? 아니야. 채소조차 먹는 것을 본 적이 없는데. 생강 쿠키 외에는 아무것도 먹지 않잖아. 나는 생강 쿠키만을 먹고 살 경우 사람에게 미칠 영향에 대한 공상을 계속하게 되었다. 생강 쿠키를 생강 쿠키라고 부르는 것은 생강이 주재료이기 때문이다. 그렇다면 생강은 어떤가? 싸하고 자극적인 맛이 나지. 바틀비가 싸하고 자극적인가? 아냐, 그렇지 않은데. 그렇다면 생강은 바틀비에게 아무런 영향도 끼치지 못한 것인데. 저 사람이 일부러 생강처럼 되려고 저러는 것도 아닐 테고 말이다.

수동적 저항만큼 열성적인 사람을 괴롭히는 것도 없다. 하지만 저항하는 사람에게 악의가 전혀 없고 그 저항을 받아 내는 사람이 무자비한 이가 아니라면, 사람은 기분이 나쁘지 않은 정도의 한에서 온갖 상상력을 동원하며 그런 저항을 이해하고자 애쓸 것이다. 나는 바틀비와 그의 행보를 그런 관점에서 바라보려고 했다. 가엾은 사람! 나는 생각했다. 그는 나쁜 사람이 아니다. 악의가 없어. 날 무시하는 것도 아니다. 얼굴을 보면 자신의 이런 기행을 자신 또한 원치 않다는 것을 알 수 있어. 그는 쓸모 있는 사람이다. 나는 그와 잘 지낼 수 있어. 만일 지금 내가 저 사람을 해고하면 그의 다음 고용주는 나처럼 너그럽지 못할 테지. 그러면 그는 건방지다고 여겨져 비참하게 내쫓길지도 몰라. 굶어 죽을지도 모르고. 그래, 지금을 싼값으로 긍정의 힘을 사는 기회로 여기도록 하자. 바틀비의 편을 들어 주고, 그의 이상한 행동들을 너그럽게 넘겨 준다고 해도 별로 손해 보는 것이 없지 않은가? 하지만 동시에 내 영혼의 양심에는 달콤한 양식이 쌓이는 거야. 나는 이렇게 생각했다.

하지만 내가 늘 이런 긍정적인 힘을 발휘할 수 있었던 것은 아니다. 바틀비의 수동적 저항을 감내하는 것은 힘든 일이었다. 이따금씩 나는 그와 적대 관계로 맞섬으로써 내가 그에게 느끼는 분노만큼 그를 화나게 만들고 싶은 묘한 충동을 느꼈다. 하지만 차라리 윈저 비누 조각에 손가락을 부딪쳐 불을 붙이는 일이 더 수월했으리라. 그러던 어느 날 오후, 이런 내면의 악마적 충동을 이기지 못한 나는 결국 다음과 같은 일을 저지르고 말았다.

"바틀비, 그 서류들을 모두 필사한 다음 나와 함께 검토하지."

내가 말했다.

"하지 않는 쪽을 선호하겠습니다."

"뭐라고? 자네 언제까지 그런 억지를 부릴 텐가?"

대답이 없었다.

"또 한 번 바틀비가 자신의 서류를 검토하지 않겠다고 하는군! 터키, 이걸 어떻게 생각하시오?"

나는 접이문을 밀어 열고 터키와 니퍼즈를 향해 큰 소리로 이렇게 물었다.

그때는 오후였다. 터키는 놋쇠 보일러처럼 벌겋게 달아오른 채였다. 그의 대머리에서는 김이 나는 것 같았고 얼룩진 종이들을 오가며 부산스럽게 손을 움직이고 있었다.

"어떻게 생각하느냐고 말입니까? 당장 저 사람의 칸막이로 들어가 눈에 피멍이 들게 만들어야죠!"

터키가 으르렁거리며 이렇게 말한 다음 일어서서 권투 선수처럼 양팔을 획획 휘둘러 보였다. 그가 정말 행동으로 옮길 것만 같아 나는 이런 오후 시간에 터키를 자극한 것에 대해 급히 후회하며 그를 말렸다.

"자리에 앉아요, 터키. 니퍼즈의 의견도 들어 봐야죠. 니퍼즈, 자네는 이걸 어떻게 생각하나? 바틀비를 당장 해고해야 하는 것이 맞지 않겠는가?"

"실례지만 그건 변호사님이 결정하실 일입니다. 사실 바틀비의 행동은 너무나 이상하고 또 터키와 저를 생각하신다면 불공평한 것이지요. 하지만 일시적으로 저러는 것일 수도 있긴 하다고 생각합니다."

"아!"

나는 감탄했다.

"자네는 생각이 바뀌었군. 이제는 그에 대해 아주 우호적으로 말하는걸."

"전부 맥주 덕이죠!"

이때 터키가 외쳤다.

"그것은 맥주의 효과지요! 니퍼즈랑 오늘 식사를 함께 했거든요. 변호사님, 제가 얼마나 우호적인지 좀 보여 드려도 될까요? 당장 저자의 눈에 피멍을⋯⋯!"

"바틀비를 말하는 거라면 참아 주오, 터키. 오늘은 안 됩니다. 제발 그 주먹 좀 치우고."

내가 말했다. 나는 문을 닫고 다시 바틀비에게 다가갔다.

운명에 도전하도록 무언가가 나를 부추기고 있는 것 같은 기분이었다. 내가 다시 한 번 더 반항의 대상이 되기를 바랐던 것처럼 말이다. 나는 바틀비가 사무실에서 나간 적이 한 번도 없었다는 사실을 떠올리고는 이렇게 말했다.

"바틀비, 진저넛이 지금 자리에 없군. 대신 자네가 잠시 우체국에 다녀올 수 있나?(우체국은 걸어서 3분 거리에 있었다.) 내게 온 우편물이 있는지 확인 좀 해 주게."

"하지 않는 쪽을 선호하겠습니다."

"하지 않겠다고?"

"하지 않는 쪽을 선호합니다."

비틀거리며 내 자리로 돌아온 나는 깊은 상념에 빠졌다. 나의 맹목적 고집이 되살아났다. 무일푼에다 말라깽이고 게다가 내가 고용한, 이 직원에게 굴욕스럽게 거부당할 수 있는 방법이 또 뭐가 있지? 완벽하게 합리적이면서 동시에 그가 거절할 것이 분명한 일이 뭐가 있지?

"바틀비!"

대답이 없었다.

"바틀비!"

나는 더 크게 불렀다. 대답이 없었다.

"바틀비!"

나는 소리를 질렀다.

삼세번의 주문을 외워야만 나타나는 마법의 법칙에 걸린 유령처럼 그가 자신의 은둔처 입구에서 모습을 드러냈다.

"옆방으로 가서 니퍼즈를 오라고 하게."

"하지 않는 쪽을 선호하겠습니다."

그는 공손하고 느리게 말하고는 다시 사라졌다.

"좋네, 바틀비."

나는 끔찍한 응징이 기다리고 있을 것이며 이 계획은 절대 변하지 않을 것임을 암시하듯 단호하면서도 냉정한 말투로 말했다. 분명 그때 나는 그런 응징을 할 마음이 있었다. 하지만 저녁 식사 시간이 다가오고 있었고 정신적으로 힘든 하루였기 때문에, 그날은 그저 모자를 쓰고 일찍 퇴근하는 것이 좋겠다고 생각했다.

인정해야 하는 것일까? 이 모든 일의 결론은 다음과 같은 일들이 어느새 내 사무실의 현실이 되었다는 것이다. 바틀비라는 이름의 창백한 젊은 필경사가 내 사무실에서 일하게 되었다. 그는 약 100자 당 4센트의 필경사 평균 임금을 받고 일한다. 하지만 그는 자신이 필사한 사본을 검토하는 작업은 항상 면제받고 있다. 그리고 그 작업을 터키와 니퍼즈에게 전가하였으며 그 어떤 사소한 심부름도 결코 하지 않는다. 그리고 그런 일을 맡아 달라고 아무리 간청한다고 하더라도 그는 너무나 당연하게 '하지 않는 쪽을 선호'할 것임을, 그래서 단도직입적으로 거절할 것임을 모두 알고 있다.

시간이 지나며 나와 바틀비의 사이도 조금은 가까워졌다. 그를 채용한 것에 대한 후회는 없었다. 그는 성실하고 부지런했으며(그가 칸막이 뒤에 선 채로 공상에 빠질 때를 제외하고는 말이다.), 방탕하지도 않고 매우 조용한 사람이었다. 그리고 그는 감정이나 행동에 기복이 없었다. 그리고 가장 중요한 한 가지는 바로 이것이었다. 그는 **항상 거기에 있다**는 것 말이다. 그는 아침에 가장 먼저 와 있었고, 하루 종일 자리를 지켰으며, 밤에는 가장 마지막까지 남았다. 나는 또한 그의 정직함을 믿고 있었다. 어떤 중요한 서류도 그에게 맡기면 안전하다고 느꼈다. 물론 그에게 불쑥 화를 내는 것을 완전히 억제하는 것은 불가능했다. 내 사무실에서 일하며 바틀비가 누리는 암묵적인 조건들을 만들어 낸 그 기이한 습성과 특권 그리고 그때그때 생기는 아주 새로운, 전례가 없는 상황들에 대해 참을 수 없는 경우가 여전히 존재했기 때문이었다. 때때로 나는 바쁜 업무를 빨리 처리하기 위해 무심코 급한 어조로 바틀비를 부르곤 했는데—예를 들면 빨간 끈으로 어떤 서류를 눌러 묶다가 첫 번째 끈 매듭을 손가락으로 눌러 달라거나 하는 부탁– 그럴 때면 칸막이 뒤에서는 어김없이 '하지 않는 쪽을 선호합니다.'의 대답이 돌아왔다.

인간은 공통된 결함을 가지고 있다. 그러니 내가 어찌 그런 괴팍하고도 비상식적인 태도에 호통을 치지 않을 수 있겠는가? 하지만 이런 종류의 일이 반복될 때마다 내가 호통을 치는 경우가 점점 줄어들긴 했다.


이쯤에서 한 가지 말해 둘 점은, 인구 밀도가 높은 법무 건물에 위치한 법률 사무실이 대개 그렇듯 내 사무실에도 열쇠가 여러 개 있었다는 것이다. 그 열쇠들 중 하나는 다락방에서 살며 매일 사무실 청소를 하고 일주일에 한 번은 대청소를 하는 아주머니가 가지고 있었다. 다른 열쇠는 터키가 가지고 있었고, 세 번째 열쇠는 내가 보관하면서 가끔씩 가지고 다녔다. 네 번째 열쇠는 누가 가지고 있는지 알지 못했다.

그러던 어느 일요일 아침, 나는 유명 목사의 설교를 듣기 위해 트리니티 교회에 가던 중 시간이 조금 남아 사무실에 들르게 되었다. 다행히 열쇠는 가지고 있었는데 막상 자물쇠에 꽂으니 안에서 무언가로 막아 두어 열쇠가 돌아가지 않았다. 나는 놀라 소리쳤다. 그랬더니 안쪽에서 문고리가 돌아갔고 여윈 얼굴 하나가 유령처럼 쑥 나타났다. 바틀비는 셔츠에 누더기 같은 속바지를 걸친 채였다. 그리고 미안하지만 자신이 지금 바쁜 일을 하고 있다며 들어오지 않았으면 좋겠다고 말하는 것이 아닌가. 그리고 나더러 주변을 두세 바퀴 돌아보는 것이 낫지 않겠냐며 그때쯤에는 일을 다 끝낼 것이라고 덧붙였다.

　일요일 아침에 내 사무실을 차지하고 있던 바틀비의 예상치 못한 모습, 송장 같으면서도 신사답고 태연한, 동시에 침착하고 단호했던 그 모습에 나는 너무나 이상한 느낌을 받았다. 나는 사무실에서 나와 그가 하라는 대로 했다. 하지만 이 해괴망측한 필경사의 침착한 뻔뻔함에 대하여 어찌하지 못했다는 고민이 나를 에워쌌다. 사실 그의 놀라운 온화함은 어떤 상황에서도 나를 무장 해제 시켰다. 나의 카리스마를 빼앗아 갔던 것이다. 나는, 자신이 고용한 직원으로부터 사무실에서 나가라는 이 얼토당토않는 지시를 받아들인 것이 남자답지 못했다는 생각이 들어 괴로웠다. 게다가 바틀비가 셔츠 차림으로 아니, 거의 옷을 입지 않은 것이나 마찬가지인 차림으로 일요일 아침에 내 사무실에서 무슨 일을 하고 있는지 생각하니 불쾌했다. 뭔가가 잘못되고 있는 걸까? 아냐, 그럴 리 없어. 바틀비는 그럴 사람이 아니야. 그럼 거기서 무엇을 한 거지? 필사?

아니다, 그것도 아니야. 바틀비가 괴팍하긴 해도 깔끔한 사람이다. 옷도 제대로 입지 않고 책상 앞에 앉을 사람이 아니야. 게다가 오늘은 일요일인데 그는 세속적인 일로 안식일(*기독교에서 주일을 일컫는 말로 일을 하지 말아야 하는 날.)을 지키지 않을 사람도 아니다.

이렇게 생각하려던 노력에도 불구하고 나는 평온해질 수 없었으므로 호기심만 증폭시킨 채 사무실로 돌아갔다. 이번에는 열쇠가 잘 돌아갔다. 바틀비는 없었다. 나는 조심스럽게 주변을 살폈다. 칸막이 뒤쪽까지 살폈으나 그가 사무실에 없는 게 확실했다. 나는 다시 한 번 사무실을 둘러보았다. 그리고 깨달았다. 언제부터인지 모르지만 그가 나의 사무실에서 의식주 모두를 해결하고 있었다는 사실을 말이다. 접시도, 거울도, 침대도 없이 말이다. 한쪽 구석, 낡은 소파의 쿠션에는 그 여윈 몸을 뉘었던 흔적이 언뜻 남아 있었다. 나는 그의 책상 아래에서 담요 한 장, 사용하지 않는 난로 아래에서 검정색 구두약 상자와 구둣솔 그리고 의자 위에서 양철 대야와 비누와 너덜거리는 수건 한 장, 신문지 속에 쌓여 있던 생강 쿠키 부스러기와 치즈 한 조각을 발견했다. 그랬군. 바틀비가 이곳을 집삼아 생활해 왔던 거였군. 나는 생각했다. 그리고 곧 비참할 정도의 온화함과 외로움의 근원지가 이것이었다는 것을 깨달았다. 궁핍함은 그렇다 치더라도 그 고독함이란 얼마나 무서운 것인가! 그대들도 생각해 보라. 매일 밤 그리고 일요일이면 월 가는 페트라(*요르단에 있었던 고대 도시로 한때 번영을 이루었으나 멸망하여 유령 도시가 되었다.)처럼 텅 빈 거리가 된다. 이 건물도 낮과 주중에는 사람들로 북적이지만 해가 지고 나면 완전한 적막 속에 휩싸이고 급기야 주말에는 완전히 잊히는 곳이다. 그런데 바틀비는 이런 곳을 집으로 삼고 그토록 활기차던 곳이 이토록 황량해지는 과정을 혼자서 묵묵히 지켜보았던 것이다. 마치 카르타고의 폐허에서 회한에 잠긴 마리우스(*로마의 장군이자 정치가였지만 말년에 포에니 전쟁에서 패하여 아프리카로 피신하여 살다가 홀로 생을 마감한 인물.) 같지 않은가!

생전 처음으로 가슴을 찌르듯 밀려오는 어떤 감정이 나를 뒤덮었다. 나는 이제껏 제대로 된 슬픔을 경험해 본 적이 없다. 하지만 지금은, 그와 내가 같은 인간이라는 동질감이 나를 저항할 수 없는 깊은 슬픔으로 끌어들였다. 형제애의 가념(可念)! 나나 바틀비나 모두 다 같은 아담의 자손이 아닌가. 나는 내가 좀 전에 거리에서 보았던, 화려한 옷들을 걸치고 환한 얼굴을 한 사람들을 떠올렸다. 외출복을 근사히 차려입고 미시시피 강 같은 브로드웨이를 백조마냥 미끄러지듯 거닐던 그들이 그 창백한 필경사와 함께 떠올랐다. 아, 행복이 우리에게 빛을 띠우면 우리는 그저 세상 전체가 좋은 곳이라고 여겼던 가. 이런 슬픈 공상들—의심할 여지없이 병들고 어리석은 두뇌가 만들어 냈을—은 바틀비의 기행과 관련된 조금 더 특별하고 다양한 생각들로 이어졌다. 그리고 무언가를 발견할 수도 있을 것 같은 직감이 들었다. 그 창백한 필경사의 모양새가 꼭, 우리가 무관심한 타인들 사이에서 떨리는 수의에 싸인 채 누워 있는 것 같지 않는가!

나는 불현듯 바틀비의 책상을 보게 되었다. 서랍의 자물쇠에는 열쇠가 꽂힌 채였다.

나는 나쁜 짓을 하고 있는 것도 아니고 호기심을 채우려는 것도 아니었다. 그 책상은 어찌되었든 나의 소유물이며 내용물 또한 그렇다고 할 수 있으니 안을 들여다볼 일말의 권리가 있지 않은가—라고 나는 생각했다. 서류를 비롯한 모든 것들이 잘 정리되어 있었다. 정리용 분류함들 깊숙한 곳까지 손으로 더듬어 보았다. 뭔가 손에 잡히는 것이 있어 끄집어내 보았다. 염색된 낡고 큰 손수건에 싸여 있는 어떤 무거운 물건이었다. 매듭을 풀었더니 거기에서 나온 것은 다름 아닌 저금통이었다.

나는 그동안 내가 바틀비에 대해 주목하고 있었던 수수께끼들을 떠올렸다. 그는 대답할 때 외에는 절대 말을 하지 않았으며, 때때로 개인적인 시간이 있음에도 불구하고 무언가를-심지어 신문조차도-읽는 모습을 본 적이 없었다. 그리고 자주 칸막이 뒤쪽의 어둑한 창가에 서서 막다른 벽돌 벽을 하염없이 바라보았다. 그는 정식 레스토랑이건 작은 가게이건 식당을 간 적도 없었으며, 창백한 얼굴로 미루어 짐작컨대 터키처럼 맥주를 마시거나 다른 이들처럼 차나 심지어 커피를 마신 적도 전혀 없었다. 내가 아는 선에서 그는 딱히 어디를 간 적도, 산책을 나간 적도 없었다. 지금 같은 경우를 제외한다면 말이다. 자신이 누구인지, 어디 출신인지, 일가친척이 있는지 없는지에 대한 개인적인 이야기를 말하는 것도 거부해 왔다. 그토록 마르고 얼굴이 창백한데도 어딘가 아프다고 한 적도 없었다. 무엇보다 그에게는 무의식적이지만 어떤 창백한 분위기-이걸 뭐라 정의해야 할까?-또는 창백한 오만함 아니, 어떤 엄격한 절제의 분위기가 있었다. 그리고 그런 분위기에 압도된 나는 그의 기행에 순응할 수밖에 없는 상태가 되었다. 오랫동안 아무런 움직임이 없을 때는 칸막이 뒤에서 벽을 보며 딴생각을 하고 있음에 분명하다는 것을 알면서도 나는 그에게 무언가를 시키는 것이 항상 두려웠으니 말이다.

이 모든 사실들은 그가 내 사무실을 자신의 집으로 삼고 있었다는, 방금 전에 발견한 사실과 퍼즐을 맞춘 것이다. 게다가 그의 우울증 비슷한 것에까지 생각이 미치자 신중해야겠다는 생각이 들었다. 나의 첫 번째 감정은 순수한 슬픔과 진심 어린 연민의 감정이었다. 하지만 내 상상 속의 바틀비가 점점 더 절망적이고 고독한 모습으로 자라나며 그 슬픔은 곧 공포로 그리고 연민은 거부감으로 바뀌었다. 비참한 모습을 생각하거나 보게 되면 어느 정도까지는 연민이라는 것이 생기기 마련이다. 하지만 그 정도를 넘어서게 되면 더 이상 그럴 수 없어지는 법이다. 섬뜩하긴 하지만 진리였다. 이런 현상은 인간의 선천적 이기심 때문이 아니다. 외려 이것은 '인간의 선천적 본성은 치유될 수 없다.'는 우리의 절망감에서 기인하는 것이리라. 감수성이 예민한 존재에게 연민은 종종 고통스러울 수 있다. 그런데 그런 연민으로는 무언가를 혹은 누군가를 구원할 수 없다. 그리고 이것을 깨닫는 순간, 우리는 일반적 상식에 따라 우리의 연민을 내려놓는 것이다.

그날 아침에 본 것으로 인해 나는 그 필경사가 불치의 병을 앓고 있는 희생자라고 인정하게 되었다. 나는 그의 육신에게 자선을 베풀 수 있었다. 하지만 그를 괴롭게 하는 것은 육체가 아니었다. 그는 영혼이 아픈 사람이었다. 나는 그의 영혼에까지는 닿을 수 없었다.

나는 그날 아침 트리니티 교회에 가지 못했다. 정확히는 알 수 없지만 어쩐지 내가 본 것 때문에 나는 당분간 교회에 갈 자격이 없는 것처럼 느껴졌기 때문이다. 나는 집을 향해 걸어가며 바틀비를 어떻게 할 것인지 고민했다. 그리고 마침내 이렇게 결심하였다. 내일 아침 그에게 이력과 기타 몇 가지에 대해 물을 것이다. 그런 다음 그가 나의 질문에 대답하기를 확실히 거절한다면(그는 '말하지 않는 쪽을 선호합니다.'라고 대답할 것 같았다.), 나는 그에게 이달 급여를 정산해 주고 거기에 20달러를 더 보태어 준 뒤 이제부터는 근무할 필요가 없고 그렇지만 다른 방법으로 그를 도울 수 있다면 기꺼이 그렇게 할 의양이 있으며 또 혹시 그곳이 어디든 고향으로 돌아가고 싶다면 교통편까지 부담해 주겠다고 말하리라 결심한 것이다. 또한 그가 고향집에 도착한 후에라도 언제든 도움이 필요할 경우 편지를 하면 반드시 답장하겠노라 말할 것이다.

다음 날 아침이 되었다.

"바틀비."

나는 칸막이 뒤쪽에 있는 그를 부드럽게 불렀다.

대답은 없었다.

"바틀비, 이리 와 보게. 자네가 하고 싶지 않은 일을 부탁하려는 게 아니야. 그저 이야기를 좀 나누자는 걸세."

내가 조금 더 부드러운 어조로 말했다.

그가 슬그머니 모습을 드러냈다.

"바틀비, 고향이 어딘가?"

"말하지 않는 쪽을 선호하겠습니다."

"그렇다면 말이네, 무엇이라도 자네에 대해 말해 주겠나?"

"말하지 않는 쪽을 선호합니다."

"아니, 내게 털어놓는 걸 거부하는 데에 내가 납득할 만한 이유라도 있나? 나는 자네와 그 정도는 친하다고 생각했는데 말이네."

그는 내가 말하는 동안 나를 바라보지 않은 채 내가 앉은 곳 바로 뒤편, 내 머리 위 약 15센티미터쯤에 있는 키케로 흉상을 바라보고 있었다.

"바틀비, 대답하지 않을 텐가?"

나는 한동안 그의 대답을 기다리다가 이렇게 물었다.

그동안 가늘고 하얀 입이 아주 미세하게 떨렸을 뿐 그의 표정에는 전혀 변화가 없었다.

"현재로서는 말하지 않는 쪽을 선호합니다."

그는 이렇게 말한 뒤 자신의 은둔처로 돌아갔다.

내가 더 세게 나가야 했었다는 것을 인정한다. 이번에도 역시 나는 그의 태도에 꽤나 불쾌해졌다. 그의 태도에는 조용한 경멸이 깃들어 있는 것 같기도 했지만 그는 나에게서 아주 좋은 대우와 관대함을 받고 있었다. 그런 면에서 그의 괴팍한 고집은 배은망덕한 것이었다.

나는 자리에 앉은 채 이 사태를 어찌해야 좋을지 고민했다. 그의 행동에 굴욕스러움을 느껴 그를 해고하기로 결심했으면서도 알 수 없는 어떤 힘이 심상을 두드려 나를 서시하고 있었다. 세상 그 누구보다 고독한 이 인간에게 쓴소리라도 한 마디 하면 이 세상 전체가 나를 악마라고 비난하며 들고 일어날 것만 같았다.

나는 내 의자를 그의 칸막이 쪽으로 끌어다 앉으며 친근한 태도로 다가갔다.

"바틀비, 그렇다면 자네의 과거를 밝히는 것은 관두세. 하지만 동료로서 부탁하네. 우리 사무실의 관례에 따라 주길 바라네. 내일이나 모레에는 서류 검토를 돕겠다고 말해 주게. 다시 말해 하루나 이틀 후에는 자네가 좀 더 합리적이고 융통성 있는 사람이 되겠노라고 말해 주게. 지금 말이야. 그렇게 약속해 주게, 바틀비."

"현재로선 조금 더 합리적이 되는 것을 선호하지 않습니다."

송장처럼 창백한 얼굴을 한 그의 답변이었다.

그때 접이문이 열리고 니퍼즈가 들어왔다. 그는 보통 때보다 심한 소화 불량으로 특히나 더 밤잠을 설친 탓에 고통스러워했다. 그는 바틀비의 마지막 말을 들었던 것이다.

"뭐라고? 선호하지 않는다고, 어?"

니퍼즈는 이를 갈며 외쳤다.

"제가 변호사님이라면 이 녀석이 선호하도록 만들겠어요. 제가 녀석에게 선호의 맛을 좀 보여 주지요! 이 고집불통 나귀 같은 녀석에게 선호가 뭔지를 말입니다! 변호사님, 이번에 녀석이 선호하지 않는다는 건 대체 뭡니까?"

바틀비는 미동도 없었다.

"니퍼즈 군, 지금 나는 자네가 이 일에 끼어드는 것을 선호하지 않네."

내가 말했다.

이상하게도 그즈음해서 나는 이 '선호'라는 단어를 온갖 경우에 무턱대고 사용하는 습관을 갖게 되었다. 그렇기 때문에 내가 바틀비와 가까이 지냄으로써 정신적인 측면으로 심각한 영향을 받고 있을지도 모른다는 생각이 들었고 몸이 떨려 왔다. 아직은 아니더라도 앞으로 더 심한 다른 증상들이 나타날 수 있지 않을까? 이런 염려 덕에 나는 즉각 어떤 조치를 취해야겠다고 다짐하게 되었다.

니퍼즈는 매우 심기가 불편하다는 듯 자리를 떴다. 그리고 곧이어 터키가 온화하고 공손한 태도로 들어왔다.

"외람된 말씀입니다만 변호사님, 어제 제가 여기 이 바틀비에 대해 좀 생각을 해 봤는데, 만일 그가 매일 좋은 맥주를 일 리터 정도 마시는 것을 선호하게만 된다면 버릇도 좋아지고 서류 검토 작업에도 협조적으로 변하지 않을까요?"

그가 말했다.

"이런, 당신 역시 그 단어를 쓰게 되었군."

내가 흥분을 감추지 못하고 말했다.

"외람된 말씀입니다만 변호사님, 어떤 단어 말씀이십니까?"

터키가 공손한 몸짓으로 칸막이 뒤의 좁은 공간으로 들어오느라 나를 그 필경사 쪽으로 밀어붙이며 물었다.

"어떤 단어 말씀이십니까, 변호사님?"

그가 재차 물었다.

"이곳에 혼자 있는 것을 선호하는 바입니다."

바틀비가 자신만의 은둔처에 사람들이 들어온 것에 대해 거북스러워진 듯 말했다.

"바로 저 단어 말이오, 터키. 바로 저거요."

내가 말했다.

"아, '선호'라는 단어요? 네, 그렇습니다. 불온한 단어지요. 전 그 단어를 결코 사용하지 않았는데 말이지요. 하지만 변호사님, 말씀드렸듯이 그가 마시는 것을 **선호**하게 되기만 하면……."

"터키. 일단 물러가 계시오, 제발."

내가 그의 말을 끊었다.

"제가 물러나는 것을 **선호**하신다면 물론 그래야지요, 변호사님."

터키가 자리를 뜨기 위해 접이문을 연 틈을 타 책상에 앉아 있던 니퍼즈가 나를 보며 특정 문서를 파란 종이와 하얀 종이 중 어느 것에 필사하는 것을 '선호'하느냐고 물었다. 그는 이 '선호'라는 단어를 조금도 고의적으로 사용한 것이 아니었다. 그저 무심결에 했으리라. 나는 속으로 결심했다. 나를 포함한 다른 직원들의 머릿속까지는 아닐지라도 이미 입버릇에 상당한 영향을 끼친 것이 분명한 이 미친 사람을 확실히 내보내야겠다고 말이다. 하지만 당장 해고를 시키는 것은 신중치 못하다고 생각했다.

다음 날 나는 바틀비가 아무것도 하지 않은 채 공상에 잠겨 창가에 서 있는 것을 알아차렸다. 나는 왜 필사를 하지 않는지 물었다. 놀랍게도 그는 더 이상 필사를 하지 않기로 결정했다고 대답했다.

"왜? 이번에는 왜? 다음에는 대체 뭔가? 하다하다 이제는 필사를 안 하겠다니!"

나는 고함을 치고야 말았다.

"안 합니다."

"그래 이유는 뭔가?"

"이유를 모르시겠어요?"

그가 무심히 대답했다.

나는 그를 째려보았다. 그리고 그의 눈이 어쩐지 탁하다는 것을 알아차렸다. 그가 일하기 시작한 뒤 처음 몇 주 동안 어두운 창가 자리에서 정신일도 하여 필사했던 것이 일시적으로 그의 시력을 상하게 만든 것은 아닌가 하는 생각이 들었다.

마음이 좋지 않았다. 나는 그에게 위로의 말을 건넸다. 잠시 필사를 쉬는 것이 현명한 행동이라고 말하며 이번 기회에 밖에 나가 운동을 좀 해 보라고 권했다. 그의 건강을 위해서 말이다. 하지만 그는 그렇게 하지 않았다. 이런 일이 있은 지 며칠이 지난 후 다른 직원들이 결근한 상태였는데 급히 우편을 부칠 일이 생겼다. 나는 바틀비가 딱히 하고 있는 업무가 없었으므로 편지들을 우체국에서 부쳐 달라고 부탁해 보았다.

하지만 그는 일언지하에 거절했다. 하는 수 없이 내가 직접 우체국에 갔다.

또 며칠이 흘렀다. 바틀비의 눈이 괜찮아졌는지 아닌지에 대해 나는 알지 못했지만, 겉으로 보기에는 어느 정도 괜찮아진 것 같았다. 그래서 나는 눈이 괜찮아졌는지 물어봤지만 그는 묵묵부답이었다. 어쨌든 그는 더 이상 필사를 하지 않으려고 했다. 나는 계속해서 묻고 부탁했다. 그러자 마침내 그는 영원히 필사를 하지 않을 작정임을 통보했다.

"뭐라!"

나는 소리쳤다.

"자네 눈이 완전히 나아져도-아니, 예전보다 좋아져도-필사를 하지 않을 건가?"

"필사를 그만두었습니다."

그는 이렇게 대답하더니 슬그머니 자리를 피했다.

그는 그렇게 내 사무실에 붙박이 가구처럼 남아 있었다. 아니,-그게 가능하다면-그는 그 어느 때보다 더 단단하게 붙어 있었다. 대체 어떻게 해야 하는 것일까? 그는 사무실에서 아무런 일도 하지 않았다. 그런데 왜 그는 여기에 남아 있는 것인가? 그는 이제 목걸이로 쓸 수 없을 뿐만 아니라 짊어지고 가기에도 괴로운 연자 맷돌(*마태복음 18장 6절에 나오는 매우 크고 무거운 바위.) 같은 존재가 되어 버렸다. 하지만 나는 그가 안쓰러웠다. 이따금씩 나를 불편케 하는 것이 모두 그의 책임이라고 할 수도 없었다. 친지나 친구가 하나라도 있다면 나는 즉시 연통을 넣어 저 불쌍한 자를 어디든 편안한 안식처로 데려가 달라고 부탁했으리라. 하지만 그는 도방고리(*아무도 돌보지 않는 버림받은 사람을 일컫는 말.)였다. 온 우주에서 완전한 혼자인 듯했다. 마치 대서양 한가운데 떠 있는 난파선의 잔해 조각처럼 말이다. 어쨌든 나는 필경사의 일 말고 내 일로도 매우 바쁜 상황이었다. 나는 내가 할 수 있는 최대한의 예를 갖추어 늦어도 엿새 안에는 무조건 사무실을 나가야 한다고 말했다. 다른 거처를 구하라고 경고했다. 떠날 준비만 해 준다면 내가 집을 구하는 일도 도와주겠다고 했다.

"그리고 자네가 떠날 때 말이네, 바틀비. 완전히 빈털터리로 내보내는 일은 없을 테니 안심하게. 지금으로부터 엿새 주겠네."

내가 이렇게 덧붙였다.

그렇게 그 며칠이 흐르고 엿새째 되는 날, 나는 칸막이 뒤를 보았다. 아뿔싸! 바틀비가 여전히 그곳에 있는 것이 아닌가.

나는 외투 단추를 끝까지 잠그고 마음을 추스르며 천천히

51

그에게 다가갔다. 그의 어깨를 짚고 이렇게 말했다.

"시간이 되었네. 자네는 떠나야 해. 사정은 안됐지만 말이네. 여기 돈을 받게. 자네는 떠나야만 해."

"그렇게 하는 것을 선호하지 않습니다."

여전히 등을 돌린 채 그가 대답했다.

"자네는 그렇게 해야만 하네."

그는 더 이상 말하지 않았다.

당시 나는 이 사람의 정직성에 대해서만큼은 무한한 신뢰를 갖고 있었다. 나는 잔돈 문제에 경솔한 경향이 있어 부주의하게 6펜스와 1실링짜리 은화를 바닥에 자주 떨어뜨렸는데 그는 그 동전들을 자주 내게 돌려주었다. 그랬기에 나의 다음 조치가 너무 터무니없는 것이 아님을 알아주길 바란다.

"바틀비, 내가 자네에게 지불해야 할 급료가 십이 달러네. 그리고 여기 삼십이 달러를 주겠네. 이십 달러를 더 주는 것이야. 받게."

나는 이렇게 말하며 그에게 지폐를 내밀었다. 하지만 그는 미동도 하지 않았다.

"그럼 돈은 여기에 놓아두고 가겠네."

나는 그 지폐를 책상 위에 놓고 문진(*책장이나 문서 등이 바람이 날리지 않도록 눌러두는 물건.)으로 눌러두었다. 그리고 모자와 지팡이를 챙기고 문으로 향했다. 그곳에서 마지막으로 그를 돌아보며 이렇게 말했다.

"바틀비, 사무실에서 자네 물건들을 모두 뺀 다음 문을 잠그게. 지금은 모두 퇴근하고 자네 혼자이니 열쇠는 매트 아래에 넣어 두면 내일 아침에 내가 챙김세. 자네를 다시는 보지 못하겠군. 아쉽네그려. 새로운 곳에서 내 도움이 필요하게 되면 언제든 꼭 편지하게. 잘 가게, 바틀비."

그는 대답 한 마디 없었다. 폐허가 된 사원의 마지막 남은 기둥처럼 그는 자신이 없었더라면 텅 비었을 사무실 한가운데에서 말없이 고독하게 서 있었다.

생각에 잠긴 채 집으로 걸어가는 동안 나의 허영심은 동정심을 이겼다. 바틀비를 내보내는 문제를 매끄럽게 잘 처리했다고 생각해 나 스스로가 뿌듯했다. 냉정한 비평가들 그 누구든 내 문제 해결 능력에 찬사를 보내리라. 내 방법의 장점은 완벽하게 평화주의를 고수했다는 데에 있다. 천박하게 윽박지르거나 어떤 권위 의식에 도취된 분노를 표출하며 명령하지 않았다. 그런 종류의 불상사 하나 없이—하수(下手)라면 그랬을 테지만, 나는 바틀비에게 큰 소리로 떠나라고 명령하지도 않고—나는 그가 떠나야만 하는 근거를 토대로 내가 해야 할 말과 행동을 구축했던 것이다. 생각하면 할수록 멋진 한 수였다.

그럼에도 불구하고 다음 날 아침에 잠에서 일어났을 때 나는 여러 의문이 들었다. 자는 동안 내 자만심이 자취를 감춘 탓이었다. 내가 취한 방법이 현명했던 것은 변하지 않는 사실이었으나 그것은 오직 이론일 뿐이었던 것이다. 그것이 과연 현실에서도 통용될 것인가? 거기에는 많은 문제들이 있었다. 바틀비가 떠날 것이라는건 멋진 생각이었지만 그것은 오로지 나의 가정일 뿐 아니었던가? 중요한 점은 '그가 나를 떠날 것이라고 내가 가정을 했다.'가 아닌 '그가 그렇게 하고 싶은가?'였다. 그는 자신이 하고 싶은 대로 하는 사람이었다.

나는 아침 식사를 마친 후 시내를 통과하며 내가 맞거나 틀릴 확률을 따져 보았다. 평상시처럼 바틀비를 내 사무실에서 발견하고 그를 살해해 버릴지도 모르겠다는 생각이 한순간 들었다가, 분명 그의 의자가 비어 있는 것을 보게 될 것 같은 느낌도 들었다. 그런 순간이 계속 되풀이되었다. 브로드웨이와 캐널 가의 모퉁이에서 나는 대여섯 사람이 서서 무언가를 열띠게 토론하고 있는 것을 발견했다.

"그가 안 한다는 쪽에 걸겠네."

지나치려는데 이런 말이 들려왔다.

"안 가는 쪽이라고? 좋아! 내기라도 하자고!"

내가 말했다.

본능적으로 돈을 꺼내기 위해 주머니에 손을 집어넣는 순간에야 오늘은 선거일이며, 저 사람들은 바틀비 이야기를 하는 것이 아니라 시장에 출마한 후보들 중 누가 이기고 지느냐에 관해 이야기하고 있다는 것을 알아차렸다. 너무나 긴장한 나머지 브로드웨이 전체가 나와 같은 문제를 가지고 논쟁을 벌이고 있다는 착각을 했던 것이다. 이 거리의 소란 덕분에 순간적으로 멍했던 나의 바보 같은 모습을 들키지 않은 것에 감사하며 나는 그곳을 빠져나왔다.

의도한 대로 보통 때보다 조금 일찍 사무실에 도착했다. 나는 밖에 서서 한동안 안에서 무슨 소리가 나는지 귀를 기울였다. 안은 쥐죽은 듯 조용했다. 그가 떠난 것이 분명했다. 나는 손잡이를 돌려 보았다. 문은 잠겨 있었다. 그랬던 것이다. 나의 방법은 마법처럼 성공했고 그는 정말로 떠난 것이다. 하지만 그때 어떤 슬픔 같은 것이 밀려왔다. 나의 극적인 성공이 애석하게 느껴질 정도로 말이다. 그런데 바틀비가 매트 아래에 넣어 두었을 열쇠를 찾기 위해 손을 더듬거리던 중 나는 무릎으로 문을 치고 말았고 노크 비슷한 소리를 내게 되었다. 그리고 그 소리에 대한 응답으로 안에서 어떤 목소리가 들려왔다.

"아직요. 잠시만 기다리세요."

바틀비였다.

나는 벼락을 맞은 느낌이었다. 한순간 나는, 오래전에 버지
니아에서 구름 한 점 없는 어느 여름 오후에 번개에 맞아 담배
를 입에 문 채 죽었다던 사람처럼 그대로 서 있었다. 따뜻한
오후에 활짝 열려 있던 창가에서 죽었다고 했다. 창밖으로 몸
을 반쯤 내밀고 기댄 채로 있다가 누군가가 건드리자 푹 쓰러
지고 말았다고 했다.

"떠나지 않았어!"

나는 가까스로 중얼거렸다.

나는 그 불가해한 필경사가 행사하고 있는, 내가 아무리
화를 내도 벗어날 수 없는 불가항력의 힘에 다시 한 번 굴복
한 후 천천히 계단을 내려와 거리로 나왔다. 건물 주위를 걸
으며 이 당혹스러운 일을 어떻게 이해해야 좋을지 생각을 정
리했다. 협박을 하거나 위협을 가해 그를 내쫓는 건 내가 원
하는 일이 아니었다. 말로써 상처를 줘서 쫓아내는 것도 하고
싶지 않았다. 경찰을 동원하는 것 또한 불편한 일이었다. 하
지만 그렇다고 그가 내 위에서 송장 같은 승리감을 비추며 계
속 저렇게 지내는 것 또한 절대 용납할 수 없는 일이었다. 대
체 어떻게 해야 할까? 아무것도 할 수 없다면, 혹시 또 다른

가정을 세울 수 있을까? 그랬다. 바틀비가 떠날 것이라고 가정했듯, 이제는 그가 이미 떠났다고 가정할 수도 있지 않을까? 그러면 이런 방법은 어떨까? 다시 나의 사무실로 되돌아가 마치 바틀비가 없는 것처럼 행동하는 것이다. 이 얼마나 기막힌 묘수란 말인가? 바틀비 또한 이런 식의 대우는 견디기 힘들 것이다. 하지만 다시 생각해 보니 이 계획이 과연 성공할 수 있을지 자신이 없었다. 나는 그저 그를 다시 설득해 보기로 결심했다.

나는 사무실로 돌아가 심각한 표정을 지은 채 이렇게 말했다.

"바틀비, 나는 지금 몹시 불쾌하네. 바틀비, 난 자네가 좋은 사람이라고 생각해. 자네는 신사라 이런 갈등이 있으면, 내가 조금만 눈치를 주면 그걸로 충분할 거라고 기대했네. 하지만 내가 틀린 것 같군."

나는 말을 하다가 깜짝 놀랐다. 내가 전날 저녁에 놓아둔 돈이 그 자리에 고스란히 놓여 있었다. 나는 돈을 가리키며 이렇게 덧붙였다.

"아니, 돈은 건드리지도 않았군."

그는 아무런 대답도 없었다.

"자네, 나를 떠날 건가 말 건가?"

나는 화가 치밀어 올라 그에게 바짝 다가가며 다그쳤다.

"변호사님을 떠나는 것을 선호하지 않습니다."

그가 '않습니다.'의 부분을 강조하며 대답했다.

"아니, 그럼 대체 무슨 권리로 여기에 남아 있겠다는 거지? 사무실 임대료를 내고 있나, 내 세금을 내주기를 하나? 아니면 이 건물이 자네 것이라도 되는가 보지?"

그는 대답하지 않았다.

"그럼 이제 필사라도 시작할 수 있는가? 눈은 좀 어떤가? 오늘 아침에 간단한 서류 하나를 필사해 주겠나? 아니면 짧은 검토를 하나 돕겠는가? 아니면 우체국에 잠시 다녀와 주겠나? 그러니까 이 사무실을 떠나지 않겠다는 그 말에 대한 명분이 대체 뭐냔 말일세!"

그는 말없이 자신의 은둔처로 물러났다.

나는 완전히 흥분한 상태였기 때문에 더 이상 말하다가는 큰일이 날 것 같아 거기서 멈추었다. 바틀비와 나, 단둘이었다. 나는 불운한 애덤즈와 그보다 더 불운한 콜트가 단둘이 콜트의 조용한 사무실에 있다가 일어났다던 비극을 떠올렸던 것이다. 불쌍한 콜트가 애덤즈 때문에 화가 났고, 그 화를 걷잡을 수 없었고, 우발적으로 치명적인 행위−분명 누구보다도 행위자 자신이 가장 후회했을 행동−를 저질렀던 그 사건 말이다.(*1842년 뉴욕의 건물에서 새뮤얼 애덤즈가 존 C. 콜트에게 살해당한 사건.) 나는 때때로 만약 그들 사이에 있었던 언쟁이 공적인 길거리나 사적인 집 안에서 일어났더라면 이처럼 비극으로 끝나지는 않았을 것이라고 생각하곤 했다. 따뜻하고 가정적인 느낌이 없는 건물 위층의 외딴 사무실—분명 카펫조차 깔리지 않아 먼지로 가득 차 있는 삭막한 사무실—에 둘만 남아 있는 그 모습. 그 상황이야말로 불운한 콜트의 무모한 화를 부추기는 데 가장 큰 영향을 미치지 않았을까 생각했다.

나는 바틀비를 향해 내 안에서 솟구치는 분노의 아담(*태초에 선악과를 먹은 아담이 처음 품게 된 분노의 감정을 뜻함.)을 던져 버렸다. 어떻게 했냐고? 글쎄, 그저 신성한 금지 명령, 즉 "내가 너희에게 새 계명을 주노니, 너희는 서로를 사랑하라."(*요한복음 13장 34절.)의 구절을 상기했을 뿐이다. 그래, 바로 이것이 나를 구한 것이다. 고귀한 생각 같은 것까지는 아니더라도 흔히 자비심이란 대단히 현명하고 신중한 원리로 작동하며 자비를 베푸는 사람에게는 좋은 안전장치가 되어 주기 마련이다. 사람들은 질투 때문에 살인을 범해 왔다. 그것뿐이랴? 노여움, 증오, 이기심, 교만 때문에도 범해 왔다. 하지만 자비심 때문에 악마의 행위인 살인을 저지른 사람이 있다는 것은 들어 본 적이 없다. 그렇다면 다른 고상한 동기들을 끄집어낼 필요도 없이, 화를 잘 내는 사람들은 단순히 자신의 이익을 위해서라도 자비심과 박애 정신을 늘 간직하고 있어야 한다. 어쨌든 나는 바틀비의 행동을 좋은 쪽으로 해석하며 그에 대한 분노를 가라앉히기 위해 고군분투하였다. 불쌍한 사람! 나는 생각했다. 일부러 그러겠어? 사정이 있겠지. 어려운 사람이니 내가 잘해 줘야지!

나는 곧 내 업무를 시작했다. 그리고 동시에 낙담한 내 마음을 추스르려고 노력했다. 아침에 나는, 바틀비가 자기 마음이 내키는 때에 자발적으로 은둔처를 떠나 문 쪽으로 행진하는 상상을 해 보기도 했다. 하지만 헛된 꿈이었다. 열두 시 반이 되자 터키가 얼굴이 벌게져서는 잉크병을 엎지르는 등의 법석을 떨기 시작했고, 니퍼즈는 한결 조용하고 진중해졌으며, 진저넛은 점심으로 사과를 우적우적 씹어 먹었고, 바틀비는 심연의 공상에 빠진 채 자신의 창가 자리에 우두커니 서 있었다.

어떻게 해야 이 사실을 받아들일 수 있을까? 내가 이 사실을 인정할 수 있을까? 나는 그날 오후에 바틀비에게 한 마디도 하지 않고 사무실을 나섰다.

그렇게 또 다른 며칠이 흘렀다. 그사이 나는 짬이 날 때마다 『에드워즈의 자유 의지』(*미국의 신학자 조너선 에드워즈의 저서.) 와 『프리스틀리의 필연』(*영국의 신학자이자 과학자였던 조지프 프리스틀리의 저서.)을 들여다보았다. 이런 상황에서 그 책들은 내게 긍정의 힘을 발휘케 했다. 나는 차츰 바틀비와 관련된 지금의 고생이 어떤 영원의 세월 전에 모두 예정되어 있었던 것이며, 나처럼 하찮은 인간이 통찰해 낼 수 없는 전지전능하신 하느님의 신비한 목적을 위해 내게 보내 주셨다는 믿음이 생기게 되었다. 그래, 바틀비. 계속 칸막이 뒤에서 생활하게. 나는 생각했다. 더 이상 자네를 괴롭히지 않겠네. 자네는 이 사무실의 낡은 의자들처럼 무해하며 조용하지 않은가. 자네가 여기에 있다는 것을 알면서도 이렇게 혼자라는 느낌을 가질 수 있지 않은가. 마침내 알았네. 느껴져. 나는 내 삶에 예정된 목적을 통찰해 냈네. 나는 만족하네. 다른 사람들은 좀 더 고상한 역할을 하고 있겠지만 이번 생에서 내가 맡은 임무는 자네가 원할 때까지 내 사무실 공간을 자네에게 제공하는 거지.

만일 내 사무실을 방문한 법조계 지인들이 내가 원치 않은 충고를 퍼붓지만 않았다면 이런 현명하고 축복으로 가득한 마음 상태는 지속되었으리라. 하지만 그런 옹졸한 사람들과 계속 이야기를 나누다 보면 결국 관대한 사람들의 뜻깊은 결심은 무너지게 된다. 돌이켜보면 내 사무실에 들어오는 사람들이 바틀비의 특이한 모습에 놀라 그에 관해 나쁜 말들을 하고 싶어 하는 것은 당연한 일이었다. 가끔 다른 변호사가 볼일 때문에 나의 사무실을 방문했다가 아무도 없는 사무실에 혼자 있던 그 필경사에게 내 행방을 묻곤 했는데, 바틀비는 그 말을 들은 척도 하지 않은 채 사무실 한가운데에 우두커니 서 있곤 한다는 것이었다. 변호사는 그런 바틀비를 한동안 바라보다가 결국 아무런 소득도 얻지 못하고 사무실을 떠나곤 했다.

중재가 진행 중이라 사무실에 변호사들과 증인들로 꽉 차고 바쁘게 일이 진행되고 있을 때였다. 일에 몰두한 법률가가 전혀 일을 하고 있지 않은 바틀비에게 자신의 사무실에서 특정 서류를 가져다 달라고 요청하곤 했다. 하지만 요청을 받은 바틀비는 조용히 거부했다. 그리고 여느 때처럼 아무 일도 하지 않은 채 그곳에 머물러 있었다. 그러면 그 변호사는 그를 사납게 노려보다가 내 쪽을 돌아보곤 했다. 내가 무슨 말을 할 수 있었을까?

결국 내 사무실에 이상한 사람이 있다는 소문이 법조계에 돌기 시작했다. 나의 내우외환이 깊어졌다. 결국에는 그가 나보다 더 오래 사무실에 남아 있으며 내 사무실을 차지하고(그는 하루에 5센트밖에 쓰지 않으며 돈을 모았다.) 그에 따른 소유권과 권리를 주장할지도 모른다는 생각이 엄습했다. 불길한 상상들은 점점 나를 사로잡았다. 지인들은 계속해서 내 사무실의 지박령에 대해 비판을 쏟아 냈고 결국 내 결심도 바뀌었다. 나는 내 모든 힘을 모아 이 악몽을 영원히 치우기로 결심했다.

하지만 이 목적에 따른 복잡한 계획을 세우기 전에 먼저 바틀비에게 완전히 떠나는 것이 합당하다고 언질을 주었다. 나는 차분하고 진지하게 이곳을 떠나는 것을 숙고해 달라고 설득했다. 3일간의 숙고 끝에 그는 원래 생각에 변함이 없다고 대답해 주었다. 간단히 말해 여전히 나와 함께 있고 싶다는 말이었다.

어떻게 해야만 할까? 나는 외투의 단추를 채우며 중얼거렸다. 어떻게 해야 하는가? 무엇을 해야 하지? 나의 양심은 내가 이 남자 아니, 이 유령을 어떻게 해야 한다고 말하고 있는가? 나는 그에게서 벗어나야만 했다. 그러려면 그가 떠나 주어야만 했다. 하지만 어떻게 말인가? 그 불쌍하고 창백하며 수동적인 사람을 내쫓으면 안 되는 것 아닐까? 그런 무기력한 존재를 문밖 너머로 추방할 수는 없지 않을까? 그렇게 잔인하게 굴어 나의 명예를 깎아내려야만 한단 말인가? 나는 그렇게 하지 않을 것이다. 그렇게 할 수는 없었다. 차라리 이곳에서 생을 마치게 하고 죽은 후에는 시체 주변에 벽을 쌓아 올려 주는 편이 낫지 않겠는가? 그러려면 어찌해야 하는가? 모든 방법을 동원해 설득해도 그는 요지부동일 것이다. 뇌물을 주어도 그대로 내버려 두었던 자가 아니던가? 내게서 떨어질 마음이 조금도 없는 사람이었다.

그렇다면 뭔가 가혹한, 뭔가 기발한 조치를 취해야만 했다. 뭐지? 이 죄 없는 창백한 사람을 경찰관에게 넘겨 교도소로 끌려가게 만들어야 한다는 뜻인가? 그리고 대체 그렇게 할 수 있는 근거라도 있는가? 녀석을 부랑자라 할 수 있을까? 뭐지? 움직이기를 거부하는 것을 부랑자에 방랑자라고 부를 수 있나? 외려 그는 부랑자가 되지 않으려고 하는 것이 아닌가? 그건 말이 안 된다! 그럼 스스로 자립하지 않는 것? 옳지, 그게 죄목이다. 아니, 또 틀렸다. 그는 자신의 힘으로 먹고살지 않는가? 그것이 바로 자립했다는 증거 아닌가? 그렇다면 더 이상 방법이 없다. 그가 날 떠나지 않는다면 내가 그를 떠나야 하는 것 아닐까? 사무실을 바꿔야겠다. 다른 곳으로 이사를 하자. 그리고 그곳으로 그가 따라오면 그때는 불법침입죄로 고소하겠다고 말하는 것이 좋겠다.

다음 날, 나는 그에게 이렇게 말했다.

"사무실이 시청에서 너무 먼 데다 공기도 좋지 않은 것 같단 생각이네. 그래서 다음 주에 사무실을 이전할 계획이야. 그

리고 이제는 자네가 근무할 필요가 없네. 다른 일자리를 알아
보게."

그는 아무런 대답도 하지 않았고, 나도 그게 끝이었다.

이사하는 날, 나는 인부들과 함께 짐마차를 대동한 채 사무
실로 갔다. 가구가 많지 않았기에 이사를 마치는 데에는 몇 시
간 걸리지 않았다. 그러는 동안 바틀비는 계속 칸막이 뒤에 서
있었다. 나는 맨 마지막으로 칸막이를 옮기라고 지시했다. 칸
막이가 걷혔다. 마치 거대한 2절판 책처럼 칸막이가 접힌 후
에도 그는 그 휑한 공간 속에서 꼼짝 않고 있었다. 입구에 서
서 그를 지켜보다가 내 안에서 무언가가 나를 꾸짖기 시작했
다. 나는 주머니에 손을 넣은 채 먹먹한 가슴을 부여잡고 사무
실로 다시 들어갔다.

"잘 있게, 바틀비. 나는 가네. 잘 있어. 신의 가호가 함께하
기를. 그리고 이것을 받게."

나는 그의 손에 무언가를 쥐어 주었다. 하지만 그것은 바닥
에 떨어졌다. 이상한 말이지만, 나는 벗어나길 갈망했던 그에
게서 억지로 나 자신을 떼어 낸 채 떠났다.


새로운 사무실에 자리를 잡고 나서도 며칠 동안은 문을 잠
근 채 지냈고 복도에서 발소리가 들릴 때마다 깜짝깜짝 놀라

곤 했다. 잠시 자리를 비웠다가 돌아올 때면 열쇠를 꽂기 전에 문지방에 잠시 멈춰 무슨 소리가 나는지 조심스럽게 귀를 기울이곤 했다. 그러나 그런 두려움은 쓸데없는 것이었다. 바틀비는 내 주변에 없었던 것이다.

모든 것이 순조롭다고 생각할 때쯤 심경이 복잡하기 그지없어 보이는 표정을 한 낯선 사람이 나를 찾아왔다. 그는 내게 월 가 ○○번지 사무실에 계시지 않았냐고 물었다.

나는 불길한 예감에 휩싸인 채 그렇다고 대답했다.

"그렇다면, 선생님. 거기 남겨진 사람은 당신 책임입니다. 그 사람은 그 어떤 필사도 거절하고 다른 일들도 거절하며 모든 것을 '선호'하지 않는다고 합니다. 그리고 사무실을 떠나는 것도 거부하고 있습니다."

역시 변호사인 그가 말했다.

"미안하게 됐소, 선생."

나는 침착한 척했지만 속으로는 덜덜 떨고 있었다.

"하지만 정말이지 선생이 말하는 남자와 나는 아무런 관계가 없다오. 내가 책임져야 하는 친척이나 견습생도 아니니 말이오."

내가 말했다.

"그렇다면 대체 그 사람은 누구입니까?"

"그거에 대해서는 할 말이……. 그 사람에 대해서는 나도 아는 바가 전혀 없소. 이전에 내가 그 사람을 필경사로 고용한 건 맞지만 오랫동안 내 일조차도 안 했으니 말이오."

"그렇다면 제가 그를 처리하는 걸로 하겠습니다. 안녕히 계십시오, 선생님."

며칠이 지났다. 더 이상의 소식은 없었다. 때때로 불쌍한 바틀비를 보러 그곳에 한번 들러 볼까 하는 연민 같은 것이 일어 괴로웠지만 알 수 없는 거북한 느낌이 매번 나를 주저앉히곤 했다.

그렇게 아무런 소식 없이 한 주가 더 지났다. 그때쯤이면 바틀비에 대한 그의 '처리'가 모두 끝났을 거란 생각이 들 때였다. 하지만 다음 날 아침, 사무실에 도착한 나를 기다리고 있던 것은 흥분한 상태의 사람들이었다.

"저분입니다. 오시네요!"

맨 앞에 있던 남자가 소리쳤는데 이전에 나를 방문했던 변호사였다.

"변호사님, 그 남자를 데려가 주십시오. 지금 당장 말입니다!"

사람들 사이에서 뚱뚱한 이가 내게 다가오며 말했다. 나는 그가 월 가 OO번지의 건물주라는 것을 알고 있었다.

"내 세입자분들이신 이 신사들께서 더 이상 견딜 수 없다고 합니다. B씨가……."

건물주는 손가락으로 그 변호사를 가리키며 말했다.

"그 사람을 사무실 밖으로 내쫓았더니 이제 건물 여기저기에 나타난답니다. 낮에는 계단 난간에 앉아 있다가 밤에는 건물 현관에서 잠을 잔답디다. 모두들 두려움에 떨고 있어요. 고객들이 발길을 돌리고 있고 폭도에 대한 두려움까지 겹친 데다……. 아무튼 변호사님께서 좀 해결해 주셔야겠습니다. 지금 당장 말입니다."

나는 이런 소란에 대경실색했다. 뒤로 물러나 얼른 새로운 사무실로 들어가 문을 잠가 버리고 싶었다. 바틀비가 어느 누구와도 상관없듯이, 나와도 아무런 관계가 없다고 항변했지만 소용이 없었다. 그들은 내가 바틀비와 연관되었던 마지막 사람이라며 나를 압박해 왔다. 게다가 이 일로―그곳에 와 있는 한 사람이 언뜻 위협한 대로―신문에라도 나게 될까 봐 두려워진 나는 심각하게 고민했다. 그리고 사무실에서 그 필경사와 조용히 면담을 할 수 있다면, 그들이 바틀비로부터 해방될 수 있도록 최선을 다해 보겠다고 말했다.

익숙한 계단을 올라갔다. 바틀비는 계단의 난간 곁에 조용히 앉아 있었다.

"바틀비, 여기서 뭐 하는 건가?"

내가 말했다.

"난간에 앉아 있습니다."

그가 얌전하게 대답했다.

나는 그를 내 옛 사무실로 데리고 늘어갔다. 변호사는 우리를 남겨 둔 채 자리를 비켜 주었다.

"바틀비, 자네가 이 사무실에서 내쫓긴 이후 계속 건물에 남아 있는 게 나를 참으로 많이 곤란케 만들고 있다는 걸 아는가?"

내가 말했다. 대답이 없었다.

"이제 둘 중 하나를 택할 수밖에 없네. 자네가 뭔가를 하든지, 아니면 자네에게 무슨 일이 일어나겠지. 무슨 일을 하고 싶은가? 다시 다른 사람들을 위해 필사하는 일은 어떤가?"

"아니요, 변화를 선호하지 않습니다."

"옷감 가게에서 일해 보는 것은 어떤가?"

"너무 한곳에 갇혀 있습니다. 점원 일은 하고 싶지 않습니다. 까다롭게 가리는 것은 아닙니다."

"갇혀 있다고? 자네야말로 늘 스스로를 가두고 있지 않은가!"

"점원 일은 선호하지 않습니다."

바틀비가 그 선택권에 대해 급히 마무리 지으려는 듯 다시 대답했다.

"바텐더 일은 어떤가? 그 일은 눈을 피곤하게 만들지 않지."

"전혀 하고 싶지 않습니다. 다시 말씀드리지만 까다롭게 굴고 있는 것은 아닙니다."

오늘은 그가 전례 없이 말을 많이 하고 있었기 때문에 나는 희망을 갖고 계속 바틀비를 설득했다.

"좋아, 그렇다면 상인들 대신 지방 지역을 돌며 수금을 하는 일은 어떤가? 자네 건강에도 좋을 테고 말이야."

"아니요, 다른 일을 선호합니다."

"그렇다면 말동무 업무로 유럽에 가는 것은 어떤가? 젊은 부자 신사들과 대화를 하며 즐겁게 여행만 하면 되는 일이 아닌가. 자네가 좋아할 것 같은데?"

"전혀요. 그 일은 확실한 것이 하나도 없어 별로입니다. 저는 움직이지 않는 고정적인 일이 좋습니다. 그렇지만 제가 까다롭게 굴고 있는 것은 아닙니다."

"그럼 고정돼 있든지!"

나는 더 이상 참지 못하고 소리를 질렀다. 바틀비와의 답답

한 대화에 분노를 참기가 힘들었던 것이다.

"밤이 되기 전에 자네가 이 건물에서 나가지 않으면 내가 여길 떠, 떠, 떠날 수밖에 없단 말이네!"

그를 설득하기 위해 어떤 위협이 필요한지 알 수 없었던 나는 매우 어정쩡하게 말을 마쳤다. 나는 더 이상 노력하기를 포기했다. 그래서 그를 떠나려다가 마지막으로 좋은 생각이 하나 떠올랐다. 이전에도 몇 번 해 보았던 생각이었다.

"바틀비."

나는 화가 난 상태에서 낼 수 있는 가장 다정한 말투로 바틀비를 불렀다.

"그럼 나와 우리 집으로 가겠나? 내 사무실 말고 내가 사는 집 말이네. 그곳에 가서 한가할 때, 자네의 문제를 좋은 쪽으로 풀 때까지 그곳에서 사는 거지. 자, 지금 가세. 지금 당장."

"아니요, 현재로선 그 어떤 변화도 선호하지 않겠습니다."

나는 말없이 그곳을 빠져나왔다. 건물에서 나와 빠르게 사람들을 홱홱 피해 가며 월 가에서 브로드웨이 방향으로 내달렸다. 그러고는 눈에 띄는 첫 번째 승합 마차를 잡아타고 나를 부르는 사람들을 따돌렸다. 다시 차분함을 되찾자 나는 깨달았다. 내가 건물주와 세입자들의 요구를 들어주기 위해서,

그리고 바틀비에게 인정을 베풀며 보호해 주고 싶다는 연민을 충족하기 위해서 내가 할 수 있는 모든 일을 다했다는 것을 말이다. 나는 이제 그 일을 잊고 평온해지기 위해 노력했다. 내 양심은 나의 노력이 충분하다고 인정했지만, 나는 내가 실제로 바라던 만큼의 일을 풀지 못한 것도 사실이었다. 나는 화가 머리끝까지 났을 건물주와 격분한 세입자들이 다시 찾아올까 봐 두려운 나머지 사무실 일을 모두 니퍼즈에게 부탁한 채 사륜마차를 타고 뉴욕의 위쪽과 교외 지역을 돌아다녔다. 며칠 동안이나 말이다. 저지시티와 호보켄에 건너갔으며, 맨해튼빌과 애스토리아까지 갔다. 그동안 나는 사륜마차 안에서 거의 꿈쩍도 하지 않았다.

사무실로 다시 돌아왔을 때 건물주의 편지가 내 책상에 놓여 있었다. 나는 떨리는 손으로 편지를 읽었다. 건물주가 경찰에 바틀비를 부랑자로 신고하여 툼즈 교도소로 보냈다는 내용이었다. 덧붙여 건물주는 바틀비에 대해서 내가 더 많이 알고 있으므로 경찰에 출두해 증언해 주기를 바란다고 했다. 이 소식은 내게 상충되는 영향을 끼쳤는데, 처음에 나는 화가 났지만 결국 건물주의 행동에 찬성했기 때문이다. 건물주는 성격이 급하고 추진력이 있는 사람이었다. 나라면 절대 하지 못했을 그런 방법을 택했던 것이다. 어찌 되었든 이런 상황에서는 그것이 거의 유일한 방법이었다.

　나중에 들은 말이지만 그 불쌍한 필경사는 툼즈 교도소로 가게 되었다는 말을 듣고는 아무런 저항도 하지 않고 특유의 창백하고 무덤덤한 태도로 조용히 후송되었다고 한다.

　경찰들이 바틀비의 팔짱을 낀 채 이동했고, 동정심과 호기심을 가진 구경꾼들도 그 자리에 있었다고 한다. 침묵의 행렬 하나가 소란스런 대로의 온갖 소음과 열기와 즐거움 등을 헤치고 걸어갔던 것이다.

　편지를 받은 당일 나는 툼즈 아니, 좀 더 정확히 말하자면 경찰청으로 향했다. 담당 교도관을 찾아 방문 목적을 이야기하자 그는 내가 말한 사람이 정말 교도소 안에 있다고 확인해 주었다. 나는 교도관에게, 바틀비가 특이하긴 하지만 그 누구보다 정직하고 몹시 불쌍한 사람이라고 강조했다. 나는 내가 아는 것을 모두 설명했다. 그리고 마지막으로 가능한 너그럽게 대해 주고 덜 가혹한 형벌−사실 그게 무엇인지는 나도 몰랐지만−을 받게 되기를 바란다고 부탁했다. 어쨌든 다른 조치가 내려지지 않는다면 그는 구빈원(*빈민을 위한 생활 시설.)으로 가게 될 것이었다. 나는 바틀비와의 면회를 요청했다.

　악질의 죄를 지은 것도 아닌 데다 모든 면에서 조용하고 무해한 그는 감옥 주변−특히 교도소의 마당인 뜰−을 자유롭게 돌아다닐 수 있었다. 나는 그곳에서 그를 만났다. 그는 고즈넉한 마당에 외로이 서서 높은 벽을 향해 얼굴을 돌린 채 서 있었다. 나는 수감소의 좁다란 창문 틈으로 바틀비를 지켜보고 있는 살인자와 도둑들의 눈을 얼핏 본 것도 같았다.

"바틀비!"

"당신이 누군지 압니다. 하지만 당신과는 아무 말도 하고 싶지 않습니다."

그가 뒤돌아보지 않은 채 말했다.

"바틀비, 자네를 이곳으로 오게 만든 건 내가 아니네. 그리고 자네에게도 이곳이 그렇게 나쁘지는 않을 거야. 여기 있었던 전력이 자네에게 그리 큰 꼬리표가 되지도 않을 걸세. 그리고 보게, 여기는 사람들이 생각하는 것만큼 비참한 장소도 아니네. 이렇게 하늘도 보이고 풀도 많고 말이야."

의심하는 듯한 그의 말투에 나는 아픈 마음을 붙들고 얘기했다.

"여기가 어딘지는 저도 알고 있습니다."

이렇게 대답했으나 그게 다였다.

나는 그를 떠나 다시 복도로 들어왔다. 덩치 큰 고깃덩어리처럼 생긴 남자 하나가 앞치마를 두른 채 내게 다가와서 엄지손가락으로 내 어깨 너머를 가리키며 "선생님 친구슈?"라고 물었다.

"그렇소."

"저 친구는 굶어 죽으려는 건가 보죠? 그럴 거면 그냥 감방 음식만 먹게 놔두시고. 뭐, 그렇다고."

"누구신지요?"

이런 장소에서 격식을 차리지 않고 말하는 사람에게 나는 어떻게 대해야 할지 애매해 물었다.

"사식 요리사. 여기에 친구를 둔 신사분들이 친구에게 먹을 것들을 넣어 주는 거지."

"그렇습니까?"

나는 그 요리사를 돌아보며 대답했다.

"그렇다면 좋습니다."

나는 은화 몇 개를—사람들이 그렇게 부르는—사식 요리사의 손에 쥐어 주며 이렇게 말했다.

"저기 있는 내 친구도 좀 신경을 써 주시지요. 당신이 구할 수 있는 최상의 음식을 좀 전해 주시오. 그리고 최대한 예를 갖추어 행동해 주시구요."

"친구분한테 나를 소개시켜 주쇼."

요리사는 이렇게 말했다. 그리고 자신이 매우 예의 바르게 행동할 수 있는 사람이라는 것을 보여 주고 싶어 안달이 난 듯

나를 바라보았다.

나는 그것이 필경사에게도 도움이 될 거라고 생각했다. 요리사에게 이름을 물어본 후 그와 함께 바틀비에게 다가갔다.

"바틀비, 이쪽은 커틀렛 씨네. 자네에게 매우 좋은 친구네."

"나리의 하인 같은 거죠, 나리. 하인 말입죠."

요리사가 앞치마를 맨 채 깊이 고개를 숙여 인사하며 말했다.

"나리도 이곳에서 잘 지내셔야죠. 부지도 넓고 방도 시원하구요. 나리, 한동안 여기서 저희랑 함께 지내면 좋을 겁니다. 기분 좋게 지내십시오. 제가 최선을 다합지요. 오늘 저녁은 무엇을 드시고 싶으신지요?"

"오늘은 저녁을 안 먹는 쪽을 선호하겠습니다. 저에게는 맞지 않을 겁니다. 정식으로 식사를 하는 것에 익숙하지 않습니다."

바틀비가 고개를 돌리며 말했다.

그렇게 말하며 그는 안뜰 건너편으로 서서히 이동하여 막힌 벽을 마주 보는 곳에 자리를 잡았다.

"어째서지? 이상한 사람 다 보겠네. 안 그렇수?"

요리사가 놀란 눈으로 나를 바라보며 물었다.

"요 근래에 정신이 조금 이상해진 것 같소."

내가 슬프게 대답했다.

"정신이 이상해졌다고? 정신 이상? 글쎄, 이거 참. 나는 당신의 친구가 위조범이 아닐까 생각했었는데. 위조범들이 늘 저렇게 창백하고 신사처럼 보이지 말입니다. 위조범들, 하. 동정하지 않을 수가 없지요, 동정하지 않을 수가. 먼로 에드워즈(*텍사스 초기의 노예 밀수업자이자 문서 위조범.)라는 사람 아십니까?"

그는 비장한 어투로 이렇게 말하고는 이야기를 잠시 멈췄다. 그리고 측은하다는 듯 내 어깨에 손을 얹고 한숨을 쉬었다.

"그 사람이 씽씽(*뉴욕 시 북쪽에 있는 교도소.)에서 폐병에 걸려 죽었다지. 아니, 그 먼로를 모르쇼?"

"모릅니다. 위조범과 친하게 지낼 일이 없소. 이제 가 봐야겠소. 저 친구를 좀 부탁하오. 당신이 손해 볼 일은 없을 겁니다. 그럼 또 보지요."

그 후 며칠이 지난 후 나는 다시 툼즈에 들어갈 수 있도록 허가를 받았다. 바틀비를 찾아 복도를 돌아다녔으나 찾지 못했다.

"조금 아까 자기 방에서 나가는 것을 보았습니다. 뜰에서

서성이고 있을 겁니다."

한 교도관이 말했다.

나는 그리로 갔다.

"그 조용한 남자를 찾으십니까? 저기 누워 있어요. 저쪽 마당에서 자고 있던데. 이십 분쯤 전에 눕는 것을 보았습니다."

다른 교도관이 말했다.

뜰은 매우 조용했다. 일반 죄수는 뜰을 이용할 수 없었다. 주위를 에워싼 두꺼운 담벼락이 밖에서 나는 모든 소음을 막아 주었다. 이집트풍의 석조 건축물이 음울한 기운으로 나를 짓누르고 있었다. 발 아래로 잔디가 틈새를 비집고 자라나고 있었다. 마치 영원한 피라미드의 한가운데 갈라진 틈 사이에서 새들이 떨어뜨린 풀씨가 마법에 의해 싹이 튼 것 같은 느낌이었다.

나는 벽의 아랫부분에 묘하게 움츠린 자세로 늘어져 있는 바틀비를 보았다. 무릎을 웅크린 채 차가운 돌에 머리를 댄 채 누워 있었다. 그는 움직이지 않았다. 나는 잠시 멈추었다가 다시 다가갔다. 그리고 몸을 구부려 그를 살폈다. 그의 흐릿한 눈이 감겨 있지 않다는 것을 알아챘는데 그것만 아니면 그는 깊은 잠에 빠져 있은 것처럼 보였을 것이다. 나는 알 수 없는 힘에 이끌려 그를 건드려 보았다. 그리고 그의 손을 만지는 순간 오싹한 전율이 팔을 타고 올라간 다음 척추를 타고 발끝까지 내려가며 이어졌다.

그때 사식 요리사의 둥그런 얼굴이 나를 빤히 보며 이렇게 물었다.

"그의 식사가 준비되었습니다. 오늘도 식사를 안 한대요? 아니면 아예 밥을 안 먹고 사는 사람이라도 되나 보죠?"

"안 먹고 산다오."

나는 이렇게 대답하며 그의 눈을 감겨 주었다.

"엥? 아, 잠들었구랴?"

"세상의 왕들과, 고관들과 함께.(*욥기 3장 14절.)"

내가 중얼거렸다.


더 이상의 이야기는 불필요해 보인다. 불쌍한 바틀비의 장례에 관해서는 충분히 상상이 가능하니 말이다. 하지만 독자들에게 작별을 고하기 전에 하고 싶은 이야기가 있다. 바틀비가 누구인지, 그리고 내가 그를 알기 전에 그가 어떤 삶을 살았는지에 대해 호기심이 생길 만큼 나의 이 짧은 이야기가 흥미로웠던 독자가 있다면, 나 역시 마찬가지의 호기심을 가졌지만 결과적으로는 충족시킬 수 없었음을 밝히는 바이다.

하지만 그 필경사가 죽은 후 몇 달이 지나 내가 듣게 된 작은 소문 하나가 있다. 소문의 근거가 무엇인지 확인할 수 없었기 때문에 이 소문이 사실인지에 대하여 나도 확신이 없다. 그리고 이 모호한 소문이 조금은 슬픈 것이긴 하다. 하지만 그래도 중요한 것이란 생각이 들기에 간단하게나마 언급하겠다.

다음이 그 소문이다. 바틀비는 원래 워싱턴에서 사서(死書)(*죽은 편지, 즉 배달 불능 우편물.) 취급소의 말단 직원이었다. 갑자기 행정부가 바뀌는 바람에 해고되었다고 한다. 이 소문에 대해 생각할 때면 나는 말로 표현할 수 없는 어떤 감정에 휩싸이곤 한다. 죽은 편지라니! 마치 죽은 사람처럼 들리지 않는가? 날 때부터 운이 없었던 삶에 또 다른 불운이 겹쳐, 창백한 절망에 빠지기 쉬운 그들을 상상해 보라. 그런 나약한 기운을 더 북돋는 데에 배달 불능 우편물을 분류하여 태우는 것보다 더 확실한 직업이 어디에 있겠는가? 그런 우편물들은 매년 대량으로 태워진다. 이 창백한 직원은 때로 접힌 편지 속에서 반지를 발견하기도 했을 것이다. 반지가 끼워졌어야 할 손가락은 아마 무덤 속에서 썩어 가고 있으리라는 것 또한 알고 있었으리라. 그는 또 몹시 급한 자선 지원금으로 보냈을 지폐도 발견했을 것이다. 그 돈으로 목숨을 살릴 수 있었던 사람은 이제 더 이상 먹을 수도 없고, 배고프다는 것을 느끼지도 못하는 상태일 거라는 걸 알면서 말이다. 낙담 속에 죽어 간 사람들에게 전해졌어야 할 용서였으며, 절망 속에 죽어 간 사람들에게 전해졌어야 할 희망이었고, 구원 없는 재난에 질식해 죽은 자들에게 전해졌어야 할 희소식이었다. 생명의 임무를 받아 나섰지만 죽음으로 질주하고 말았던 그 편지들을 어찌하면 좋단 말인가.

아, 바틀비여! 아, 인간이여!

# 절망하기엔 너무 이른 우리에게 전하는
# 멜빌의 서신

"우리는 우리 스스로를 도울 수 없습니다."

19세기 미국 문학의 거장 허먼 멜빌이 너새니얼 호손의 부인이자 일러스트레이터였던 소피아 호손에게 쓴 편지 중 한 구절이다. 멜빌이 가장 절망적인 순간에 집필했던 작품 『필경사 바틀비』 속 주인공 바틀비가 죽음에 이르기 전까지 그 '창백한 절망'을 안고, 희뿌연 창밖을 보며 이 말을 매일 중얼거렸을지도 모르겠다.

『필경사 바틀비』는 멜빌의 대표작 중 하나로 너무나도 충격적이고, 너무나도 시대를 앞섰던 작품이다. 인간의 존재를 긍휼이 여기며 현대 사회를 통탄했으며, 훗날 미국에 일어날 중산층의 몰락과 경제 대공황 등에 대한 예언이었다는 평가까지 받는 작품이다. 동시에 미국 문학사를 통틀어 그 어떤 작품보다 난해한 작품이라고 평가받는 것 또한 사실이다. 간단한 줄

>>>

거리에 비해 내용과 등장인물들이 내포하고 있는 여러 문제들은 그리 간단하지도, 짧게 결론 내릴 수도 없기 때문이다. 절망과 패배 그리고 '선호하지 않습니다.'의 애매모호한 저항 끝에 결국 세상을 등지고 만 바틀비, 그를 통해 멜빌이 '선호'하고자 했던 이상향은 무엇이었을까?

### 허먼 멜빌, 인정받기 원했던 은둔의 작가

이 책을 읽은 독자들은 이미 느꼈겠지만 허먼 멜빌은 설명과 묘사에 있어서 매우 뛰어나다. 그는 이야기를 매우 천천히, 그리고 깊이 풀어 놓는 작가이다. 중간에 이야기가 지루하다고 느꼈던 독자라면 화자인 변호사처럼 너그러운 인내심으로 잘 참아 냈길 바란다. 하지만 동시에 이런 이유로 우리는 이야기 속 상황과 화자의 생각을 잘 이해할 수 있었다. 또한 바틀비의 기행의 정확한 원인을 알지 못하면서도 그를 안타깝게 여길 수 있게 된다. 바틀비의 등장과 죽음이 매우 빠른 속도로 전개되지만 작가가 펼치는 길고 자세한 묘사로 인해 우리는 이 작품이 지닌 무게와 깊이를 인지할 수 있다. 그리고 이렇게 천천히 되짚어 보고 싶어진 것이리라 생각한다.

멜빌의 집안은 원래 뉴욕의 명문가였다. 부유하고 행복한 어린 시절을 보냈지만 그가 열세 살이 되던 해에 가세가 기울기 시작했다. 그리고 부친의 사망과 집안에 남겨진 빚으로 인해 그는 열다섯 살때 학업을 중단한 채 생계를 책임져야만 했다. 본래에도 내성적이고 예민한 편이었던 멜빌은 이러한 성장 과정으로 인해 그 성향이 점점 더 짙어졌다고 한다. 스무 살이 되던 해에 선원이 되어 처음 배를 타게 되었는데, 그는 현실을 벗어나 조금 더 활기찬 생활을 맛보게 되었을 것이다. 그 후 한 차례 더 배를 탔으며 훗날 해군으로 복무하기도 하였다. 그래서인지 그의 초기 작품들 중에는 선원과 해군 생활의 경험을 바탕으로 한 소설들이 많다.

멜빌은 대단한 열정을 가진 작가였다. 대중의 인기를 얻은 작품도 있었고 그렇지 못한 작품도 있었지만 작가로서 차근차근 성장해 갔다. 하지만 가장 공들여 쓴 야심작 『모비 딕』이 대중의 외면을 받자 작가로서의 침체기에 접어들고 생활고에 시달리게 되었다. 이후 『필경사 바틀비』를 포함해 많은 작품들을 더 썼지만 성공하지 못했다. 그는 점차 대중들에게서 잊혀졌고, 실의에 빠진 채 은둔하며 집필 생활을 하였다.

앞서 언급한 편지에서도 알 수 있겠지만 멜빌은 『주홍 글자』로 잘 알려진 너새니얼 호손과 막역한 사이였다. 『모비 딕』

을 비롯해 많은 작품들이 사후에 빛을 발했던 멜빌과는 달리 호손은 당시에도 이미 작가로서 커다란 명성을 얻고 있었다. 멜빌은 그런 호손을 존경하고 동경했다. 멜빌은 날카로운 통찰력과 지혜, 탁월한 글솜씨, 여기에 대중을 사로잡는 마력까지 지닌 호손의 작품들을 선망하였다. 멜빌에게 호손은 따르고 의지했던 선배 작가이자 라이벌이었던 것이다. 그는 자주 호손에게 편지를 썼다. 안부의 인사를 보내기도 했고 자신의 소설에 대한 평가를 감사하기도 했으며 여러 고민들을 상의하기도 했다. 그는 종종 작가로서의 괴로움을 토로했다. "돈이 저를 저주합니다. 심술궂은 악마 하나가 문을 열어 놓고 저를 향해 이죽거리고 있습니다. (중략) 제가 제일 쓰고 싶은 글은 금지되고 팔리지 않을 것이라고 예감합니다. 하지만 저는 다른 식으로는 쓸 수 없을 것 같습니다."와 같이 멜빌의 편지 중 한 부분을 살펴보면 그의 작가로서의 삶이 순탄치 않았다는 것을 짐작할 수 있다.

무엇보다 그는 대중의 인기를 얻을 수 있는 작품을 쓸 수 있었고, 쓰고 싶은 마음도 있었던 것 같다. 하지만 동시에 그는 『모비 딕』처럼 자신만의 철학을 담았지만 대중에게는 외면당할 수밖에 없는 작품들을 '선호'하였던 것이다. 바틀비가 그랬던 것처럼 말이다. 그리고 『필경사 바틀비』는 멜빌의 작가로서의 고집과 아집, 속물주의 세상에 대한 회의감과 메시지가 가득 담긴 작품이다. 한 인간으로서 그리고 작가로서, 당시의 상황에 대하여 희망이 없다고 여기며 쓴 작품이기에 염세적이고 비관적이다. 상업적인 것만을 최고로 치는 사회 그리고 그것에 속할 수도 없고 속하고 싶지도 않은 한 사람, 그 사람은 바틀비이자 바로 멜빌 자신이었던 것이다.

**멜빌과 바틀비, 작가의 슬프고도 간절한 페르소나의 탄생**

창백할 정도의 단정함, 애처로울 정도의 기품 그리고 치유할 수 없을 것만 같은 고독함……! 바틀비였다.(본문 20쪽)

이 문장에서 바틀비와 멜빌의 모습은 정확하게 겹쳐진다. 고용된 직후에 밤낮을 가리지 않고 열정적으로 굶주린 듯이 필사하는 바틀비의 모습은, 길고 긴 항해 끝에 미국으로 돌아온 후 신들린 듯 여러 작품을 써 내던 멜빌 자신의 모습이다. 그러다가 결국 내적, 외적 원인과 갈등들로 인해 이 두 사람은 동료들로부터, 대중들로부터 분리되고 소외된다.

≫

'선호하지 않습니다.'라는 바틀비의 말과 '저는 다른 식으로는 쓸 수 없을 것 같습니다.'라는 멜빌의 편지 속 고백은 안타깝게도 같은 근원지를 가진다. 바틀비와 멜빌은 그 누구보다도 자신다움을 지키고 싶었을 것이다. 하지만 그러기 위해서는 동료와 사회와 타협해야만 했고—자신이 아닌—그들이 원하는 것을 해야만 했을 것이다. 이 두 사람은 '그렇게 하고 싶지 않은 것'이 아니라, '그렇게 할 수 없는 것'이었다. 우리 독자들은 그들을 이해해 주어야만 한다.

그는 내가 말하는 모든 것들을 신중히 듣고 있었다. 나의 말을 완전히 이해하고 있었다. 하지만 불가피하게 부정할 수밖에 없다는 듯이 보였다. 동시에, 어떤 더 중요한 무언가 때문에 그렇게 할 수 밖에 없다는 것처럼 보였다.(본문 26쪽)

이렇게 바틀비는 모든 것을 거절한다. 일하는 것뿐만 아니라 먹는 것도, 심지어는 사는 것조차 말이다. 작품이 진행되는 동안 내내 바틀비는 그저 '존재'한다. 그리고 그에게 '존재하기'는 그 자체만으로도 버겁고 힘겨운 일이다. 마치 멜빌이 대중의 구미에 맞게 글을 쓰는 것이 버겁고 힘들었던 것처럼 말이다. 바틀비가 바로 멜빌의 페르소나인 이유가 여기에 있다.

돈이 제일이었던 월 가의 사무실은 필경사의 전형을 요구한다. 세상과 출판사는 대중이 원하고 돈이 될 수 있는 소설을 쓰라고 압박한다. 우리는 이 둘을 생각하며 무엇을 떠올릴 수 있을까? 물론 사회의 규율은 지켜야 하는 것이 마땅하고, 성공하고 싶다면 세상의 기대치를 읽고 그대로 행동하는 것이 맞다. 하지만 우리는 어쩔 수 없이 이렇게 되어 버린 상황과 운명을 이해하며 동감한다. 우리는 바틀비가 잘못했다고 생각하지 않는다. 멜빌을 실패한 작가라고도 여기지 않는다. 이 작품은 자신을 이해하는 방법을 찾아 달라는 작가의 호소이자, 이 모든 것에 맞서 이겨 내고 싶다는 저항이며 투쟁이다. 멜빌은 바틀비에게 자신을 투영하며 자신이 맞이한 그 어려움을 이길 방도를 찾고 싶었던 것이다.

### 바틀비의 사회 부적응인가, 범사회적 타살인가?

위에서 필자는 바틀비가 모든 것을 거부한다고 했다. 언뜻 보면 바틀비는 '은둔형 외톨이'에 가까운 듯하다. 하지만 나는 바틀비가 외려 막막한 현실 앞에 사회적 의욕과 자신감, 욕심을 잃어 가는 현재의 청소년, 젊은이들과 닮아 있다는 생각이 들어 안타까웠다.

멜빌이 그랬듯이 바틀비 역시 노력했다. 하지만 그는 불운했으며 상황은 암울했다. 사서(死書)를 담당하며 부정적인 영향을 받아 온 바틀비가 변호사 사무실에 새로 배정 받은 자리를 기억하는가? 사무실은 2층에 있음에도 불구하고 높은 건물로 둘러싸여 있어 창밖은 모두 어두침침했다. 심지어 변호사는 그를 칸막이로 막아 버리기까지 한다. 그래서 그는 칸막이 뒤에서 점점 더 고립되어 갔다. 이러한 사무실의 환경은 발송 불능 편지들을 대하는 일만큼이나 그의 예민함과 나약함에 악영향을 끼치지 않았을까? 그가 창문 밖으로 볼 수 있는 것은 오직 우두커니 서 있는 거대한 벽뿐이었다. 그 벽을 하염없이 바라보며 바틀비의 심신은 점차 회복하기 힘든 절망으로 빠져들었던 것이다. 거기다가 많은 양의 필사 작업으로 눈마저 침침해져 버렸다면? 그는 더 이상의 필사를 '선호하지 않는 것'이 아니라 '선호할 수 없었던 것'이다.

바틀비는 업무적으로 뛰어난 필경사였다. 하지만 그는 필경사에게 주어진 당시의 상황을 감당할 수 없는 필경사였다. 대한민국은 지금 88만원 세대를 넘어 삼포 세대를 말하고 있다.

능력 있는 사람들의 취업 포기와 사회적 낙오. 그들은 할 수 없는 것도, 하고 싶지 않은 것도 아니다. 바틀비처럼 그저 그 무언가를 '선호'할 수가 없는 것이다. 바틀비는 스스로를 포기한 듯하지만(그리고 그것은 사실이기도 하지만) 적어도 이 모든 것이 변호사가 정의한 '병적인 나약함' 때문만은 아니라는 것을 우리는 이해해야 할 것이다.

### 노블레스 오블리주를 실현하기 위한 화자의 사투

이런 바틀비를 이해하려고 홀로 고군분투했던 이가 있으니 바로 작품의 화자인 변호사이다. 그는 분명 좋은 변호사이고 인간에 대한 측은지심을 지닌 훌륭한 상사였다. 책의 첫머리에 등장하는 "당신이 만약 인품 좋은 신사라면 미소를 지을 것이고 정이 많은 사람이라면 눈물을 지으리라."(본문 7쪽)라는 대사는 당연히 변호사 자신 또한 그랬다는 것을 피력하는 문장이다. 게다가 그는 괴팍한 직원 넷을 끝까지 놓지 못한 채 관용과 인정을 베풀던 따뜻한 리더의 전형이었다. 격렬한 소동이 싫어 난해하거나 극적인 사건들은 맡지 않은 채 주기적이며 일상적인 채권이나 부동산 관련 업무만을 맡을 정도로 안정됨과 평온함을 추구했던 사람이다. 그런 사람이 바틀비를 만나면서

난관에 봉착한 것이다. 아침마다 신경이 곤두선 채 업무에 집중하지 못하는 니퍼즈와 오후가 되면 바통을 이어받아 광기를 부리는 터키는 바틀비의 등장을 알리는 서막이요, 바틀비의 기행에 대비하여 화자를 단련시키는 훈련 대상에 불과했던 것이다. 화자는 바틀비를 보면서 연민, 동정, 격노 등 극심한 감정의 변화를 맞이하게 된다. 그리고 결국 바틀비를 버리면서 마음의 큰 짐까지 얻게 되었다.

화자인 변호사는 성공적인 삶을 살고 있는 사람이다. 사회의 지도층에 속한 사람으로서 지도층이 누릴 수 있는 안정과 평온을 추구하는 사람이다. 그리고 무엇보다도 사회 지도층에게 요구되는 도덕적 의무를 뜻하는 '노블리스 오블리주'를 실천하기 위해 노력하는 사람이다. 하지만 그는 여느 엘리트들과 다르지 않았다. 작품의 여러 부분에서 드러나듯 그는 자신의 능력을 뿌듯해 하고 자신의 인품에 대해 자부심을 갖는 사람이다. 체면과 타인의 평가를 중요하게 여기는 것도 사실이다. 선한 사람이었던 그는 바틀비를 위해 자신의 방법으로 최선을 다했지만 그 방법에는 한계가 있었다. 그는 보이는 거라곤 벽뿐인 칸막이 안으로 바틀비를 밀어 넣은 장본인이며, 업무를 거부하는 바틀비를 정신병자로 매도하기도 하였고, 궁극적으로 바틀비를 버린 채 도망가 버렸다. 그리하여 화자는 원치 않게 사회와 함께 바틀비의 비극을 공조한 '범사회적 타살'의 가해자가 되었다. 작품 속에서 변호사는, 바틀비를 막다른 골목으로 몰고 가 아무것도 '선호'할 수 없게 만든 사회 그 자체를 상징하고 있기 때문이다.

『필경사 바틀비』의 가장 중요한 주제 중 하나가 '관용과 자애'이다. 앞서 말했던 것처럼 화자는 베풀고 싶고, 이해하고 싶고, 도와주고 싶어 한다. 그리고 그런 그의 자애로움은 바틀비에게 '나의 집에 가서 함께 지내자'고 말했을 때 극에 달한다. 하지만 그는 자본에 의한 이해와 도움의 한계에 부딪친다. 화자는 이렇게 고백한다.

나는 그의 육신에게 자선을 베풀 수 있었다. 하지만 그를 괴롭게 하는 것은 그의 육체가 아니었다. 그는 영혼이 아픈 사람이었다. 나는 그의 영혼에까지는 닿을 수 없었다.(본문 42쪽)

비록 화자는 바틀비가 죽을 때까지 '인자함'을 놓지 않는다. 하지만 애석하게도 우리는 화자가 바틀비의 죽음에 일조한,

>>>

앞서 언급한 '범사회적 타살'의 요건들 중 하나였을지 모른다는 원망의 마음을 거두기가 쉽지 않은 것도 사실이다.

### 화자가 보낸 호소문 그리고 작가가 남긴 숙제

그렇다. 바틀비는 죽었다. 특권층이었던 화자는 여전히 자신의 '안락하고 평온한' 세계에 남아 그저 측은지심으로 바틀비를 애도할 뿐이고, 바틀비가 사라진 월 가는 다시 평온을 되찾았다. 하지만 이 작품의 궁극적인 메시지는 "아, 바틀비여! 아, 인간이여!"(본문 81쪽)라는 변호사의 탄식이 아니다. 우리는 이 작품이 화자의 관점에서 쓰였으며, 화자의 의지에 의해서 서술된다는 사실을 기억해야 한다. 화자는 바틀비의 이야기를 우리에게 꼭 들려주고 싶어 했다. 과연 그 이유는 무엇일까?

필자가 보는 이 이야기는 변호사의 안타까운 호소문이다. 화자는 그렇게 바틀비를 보낼 수밖에 없었다. 하지만 화자는 작품 속에서 스스로 묻고 또 물었던 질문, "어떻게 해야 하는 것인가?"를 이제 독자에게 묻고 있다. 당신들이라면 어떻게 했겠는가? 당신들은 바틀비를 구할 수 있겠는가? 당신의 주변에 바틀비 같은 사람이 있다면 당신은 그를 어떻게 해결하고, 어떻게 도울 것이며, 어떻게 구원할 수 있을까? 화자가 바틀비의 이야기를 들려주고 싶어 했던 가장 큰 이유는 이것이다.
그리고 이것은 작가 멜빌이 이 작품을 쓴 이유와도 일맥상통
한다.

이제 화자의 요청대로 바틀비의 죽음을 막을 수 있는 방법
을 찾는 것은 영원히 독자들의 몫이 되었다. 그리고 우리에게
남겨진 또 하나의 숙제가 있다. 바틀비가 죽음을 맞이한 감옥
의 뜰에서 자라던 풀을 기억하는가?

발 아래로 잔디가 틈새를 비집고 자라나고 있었다. 마치 영원한
피라미드의 한가운데 갈라진 틈 사이에서 새들이 떨어뜨린 풀씨가
마법에 의해 싹이 튼 것 같은 느낌이었다.(본문 78쪽)

이것이 바로 허먼 멜빌이 자기 스스로도 그토록 하고 싶었
던, 그리고 독자에게 남긴 또 하나의 숙제이다. 사방이 막힌
삭막한 건물 속에서 빛을 보는 일, 막막한 수감소 안에서 안락
한 뜰과 높은 하늘을 발견하는 일 그리고 기적 같은 곳에서 풀
씨를 틔우는 일. 이것들이 바로 작가가 바라는 또 하나의 우리
몫이리라.

》》》

### '선호하지 않습니다.'를 선호하겠습니다

마지막으로 화자였던 변호사처럼 필자도 '독자들에게 작별을 고하기 전에 하고 싶은 이야기'가 하나 더 있다. 바로 '선호하지 않습니다.'라는 문장에 관해서이다.

많은 학자와 평론가들은 '선호하지 않습니다.(I would prefer not to.)'라는 바틀비의 발언이 영미 문학사에서 가장 유명한 구절 중 하나라고 선언하고 있다. 그만큼 바틀비의 성격이나 상황, 감정들이 고스란히 담긴 특별한 문장인 것이다. 자연스럽게 번역하자면 '하고 싶지 않습니다.' 혹은 '하지 않겠습니다.'라고 완화하여 의역했겠지만, 원문에서 이 문장은 너무나 독특하고 특별한, 바틀비만의 언어이다. 또한 지나치리만큼 어색하고 이질적인 문장이어야만 했다. 그래서 우리말로 옮길 때 'prefer'라는 단어의 가장 본질적인 뜻이며, 원문에서만큼 우리말에서도 어딘지 어색하고 특별한 단어인 '선호'를 선택했다. '선호하지 않습니다.'는 바틀비만의 언어이다. 하지만 학자와 평론가들이 입을 모아 말하듯, 여기에서 등장하는 '선호하다(prefer).'라는 단어는 슬프게도 그가 선호(preference)하고 안 하고를 뜻하는 문장이 아니다. 그는 가장 '정중한' 방법으로 거절한 것이거나 혹은 자신을 보호하고자 했던 것이다.

　철학자 들뢰즈는 바틀비의 '선호하지 않습니다.'에 대하여 이렇게 말했다. 잘못 번역된 외국어 같은 느낌의 이 문장이 바로 바틀비가 구축한 그만의 언어 체계라고 말이다. 또한 이 문장은 무언가를 선택하기보다는 무(無)를 선택하겠다는 표현이며, 무에 대한 바틀비의 의지가 아닌 그저 무의 확장일 뿐이라고 해석했다. 실제로 바틀비의 '선호'하지 않는 것들은 이야기가 진행될수록 늘어만 간다.

　바틀비의 소극적인 저항의 결정체인 '선호하지 않습니다.'라는 애매모호한 문장은 칸막이마저 걷혀 버린 바틀비의 마지막 보호막이자 '하고 싶지만 할 수 없는' 것들에 대한 미련과 원망이었을 거라고 짐작한다. 그리고 이 문장은 책장을 덮은 후에도 우리의 귓가에 오래도록 남아 씁쓸하게 울릴지도 모른다.

– 옮긴이 한지윤

# 《허먼 멜빌 연보》

1819년 8월 1일 미국 뉴욕 맨해튼에서 아버지 앨런 멜빌과 어머니 마리아 갠즈보트 멜빌 사이의 4남 4녀 중 셋째로 태어남.

1826년 성홍열에 걸려 시력이 나빠짐.

1830년 아버지의 무역 사업이 망함. 올버니 아카데미에 다니기 시작함.

1832년 아버지가 세상을 떠나면서 집안 형편이 매우 어려워짐. 멜빌은 학업을 그만두고 점원, 농장 일꾼, 은행원 등으로 일함. 어머니는 가문의 성 'Melvill'을 'Melville'로 바꿈.

1839년 형의 주선으로 영국 리버풀행 무역선에서 사환으로 근무하면서 처음으로 배를 타기 시작함.

1841년 남태평양에서 활동하는 포경선을 타고 선원 생활을 함.

1842년 포경선을 탈출하여 타이피 원주민과 생활함.

1843년 미국 군함에 올라 선원으로 일함.

1844년 선원 생활을 그만두고 보스턴에 도착함. 가족과 함께 살면서 자신의 모험담을 글로 쓰기 시작함.

1846년 타이피 원주민과의 경험을 바탕으로 첫 장편소설 『타이피(Typee)』를 펴냈지만 기대만큼의 큰 호응을 얻지 못함.

1847년 매사추세츠 주 대법관의 딸 엘리자베스 쇼와 결혼함.

1849년 보다 진중한 작품을 선보이고 싶었던 멜빌은 사회 풍자를 다룬 작품 『마르디(Mardi)』를 발표함. 하지만 평단과 대중으로부터 외면을 받고 다시 모험 소설 『레드번(Redburn)』을 출간하게 됨.

1850년 피츠필드에 위치한 너새니얼 호손의 집 근처 농장에서 생활하며 호손과 친분을 쌓음. 호손과의 교제는 멜빌의 창작욕을 자극하는 계기가 됨.

1851년 장편소설 『모비 딕(Moby Dick)』을 출간하며 호손에게 헌정한다고 밝힘. 그러나 이 작품은 평단과 대중으로부터 큰 호응을 이끌어 내지 못함.

1852년 출간한 책들이 흥행하지 못하자 재정적으로 어려움에 처하게 됨.

1853년 〈퍼트넘스 먼슬리 매거진〉에 「필경사 바틀비」를 발표함.

1856년 「필경사 바틀비」를 포함하여 여러 작품을 모은 『회랑 이야기』를 출간함.

1866년 뉴욕 항에서 세관원으로 일하기 시작함.

1891년 9월 28일 미국 뉴욕에서 세상을 떠남.

**허먼 멜빌** 1819년 미국 뉴욕 맨해튼에서 태어났다. 1832년 아버지가 세상을 떠나고 집안 형편이 몹시 어려워지자, 멜빌은 학업을 그만두고 점원, 농장 일꾼, 은행원 등 다양한 직업을 전전하며 생계를 책임져야 했다. 1839년 영국 리버풀행 무역선을 시작으로 포경선과 군함을 타며 선원으로 근무했다. 1844년 선원 생활을 그만두고 가족과 함께 살면서 본격적으로 글을 쓰기 시작했다. 멜빌은 보다 진중한 작품으로 자신의 문학 세계를 펼쳐 보이고 싶었지만 가족의 생계를 위해 독자가 좋아할 만한 모험 소설을 집필해야 했다. 1850년 당시 최고의 작가였던 너새니얼 호손과 친분을 쌓았고, 이듬해 장편소설『모비 딕』을 출간하며 호손에게 이 작품을 헌정하였다. 하지만 이 작품은 독자와 비평가에게 좋은 평을 얻지 못했다. 하지만 오늘날 멜빌은 에드거 앨런 포, 너새니얼 호손과 함께 미국 낭만주의 문학의 3대 거장으로 꼽힌다.

**한지윤** 1984년 대전에서 태어나 중학교 때 캐나다로 건너갔으며, 브리티시 컬럼비아대학교 영문학과를 졸업했다. 한국문학번역원의 번역가 과정을 거치며 문학 번역을 시작했다. 옮긴 책으로『나는 자유다』,『노인과 바다』,『셜록 홈즈 걸작선』,『위대한 개츠비』,『너새니얼 호손 단편선』,『필경사 바틀비』등이 있다.

**클래식 보물창고**에는
오랜 세월의 침식을 견뎌 낸
위대한 세계 문학 고전들이 총망라되어 있습니다.
세대와 시대를 초월하여 평생을 동반할 '내 인생의 책'을
〈클래식 보물창고〉에서 만나 보세요.

## 1. 이상한 나라의 앨리스 루이스 캐럴 지음 | 황윤영 옮김

특유의 유쾌한 상상력과 말놀이, 시적인 묘사와 개성적인 캐릭터, 재치 넘치는 패러디와 날카로운 사회 풍자로 아동청소년문학사와 영문학사에 큰 획을 그은 루이스 캐럴의 환상동화.

★ BBC 선정 영국인 애독서 100선 　★ 학교도서관사서협의회 추천도서

## 2. 키다리 아저씨 진 웹스터 지음 | 원지인 옮김

서간문이라는 독특한 형식과 소녀적 감성이 결합된 성장기이자 로맨스 소설! 20세기 초 사회의 모순을 고발하고 개혁을 주장했던 진보적인 사상은 페미니즘 문학으로서의 의미를 더한다.

★ 학교도서관사서협의회 추천도서

## 3. 보물섬 로버트 루이스 스티븐슨 지음 | 민예령 옮김

인간이 가진 절대적인 선과 악을 그린 세계 최초의 해양모험소설. 영국 빅토리아 시대의 흥미진진한 꿈과 낭만을 대변하는 동시에 선악의 경계를 아슬아슬하게 줄타기하는 인간의 욕망을 고찰한다.

★ BBC 선정 영국인 애독서 100선

## 4. 노인과 바다 어니스트 헤밍웨이 지음 | 민예령 옮김

헤밍웨이 문학의 총 결산이자 미국 현대문학의 중추로 일컬어지는 걸작. 생애의 모든 역경을 불굴의 투지로 부딪쳐 이겨 내는 인간의 모습을 하드보일드한 서사 기법과 절제미가 돋보이는 문체로 형상화했다.

★ 노벨 문학상 수상작가 　★ 퓰리처상 수상작 　★ 노벨연구소 선정 세계문학 100선
★ 대학수학능력시험 출제 작품

## 5. 하늘과 바람과 별과 시 윤동주 지음 | 신형건 엮음

우리나라 사람들이 가장 많이 애송하는 '민족 시인' 윤동주의 문학 세계를 엿볼 수 있는 시와 산문을 한데 모았다. 시대의 아픔을 성찰하며 정면으로 돌파하려 한 저항 정신은 물론이고 인간 윤동주의 맨얼굴을 만날 수 있다.

★ 연세대 필독도서 200선

## 6. 봄봄 동백꽃 김유정 지음

어려운 현실을 풍자와 해학으로 극복한 한국 근대소설의 정수, 김유정의 대표작을 모았다. 원전을 충실하게 살려 아름다운 우리말을 풍요롭게 담고, 토속적 어휘는 풀이말을 달아 이해를 도왔다.

## 7. 거울 나라의 앨리스 루이스 캐럴 지음 | 황윤영 옮김

『이상한 나라의 앨리스』보다 한층 탄탄해진 구성과 논리적인 비유를 통해 보다 깊고 넓어진 재미와 감동을 선사하는 후속작. 현실 속의 정상과 비정상, 논리와 비논리, 의미와 무의미의 경계를 고찰한다.

★ BBC 선정 영국인 애독서 100선 　★ 명사 101명이 추천한 파워클래식 　★ 학교도서관사서협의회 추천도서

## 8. 변신 프란츠 카프카 지음 | 이옥용 옮김

현대인의 고독과 불안을 그림으로써 20세기 실존주의 문학의 발전에 커다란 영향을 끼친, 20세기 문학계에서 가장 난해한 '문제작가'로 꼽히는 프란츠 카프카의 대표작을 모았다. 원전에 충실한 번역으로 특유의 문체가 지닌 묘미를 만끽할 수 있다.

★ 서울대 권장도서 100선 　★ 연세대 필독도서 200선 　★ 미국대학위원회 SAT 권장도서

## 9. 오즈의 마법사 L. 프랭크 바움 지음 | 최지현 옮김

영화, 뮤지컬, 온라인 게임 등 다양한 장르로 재생산되어 지구촌 대중문화를 견인함으로써 문화 콘텐츠가 가지는 파급력의 정도를 생생하게 보여 주는 세기의 고전. 짜릿한 모험담 속에 담긴 치유의 기운이 마법 같은 순간을 선물한다.

★ 학교도서관사서협의회 추천도서

## 10. 위대한 개츠비 F. 스콧 피츠제럴드 지음 | 민예령 옮김

미국 현대 문학의 거장으로 꼽히는 F. 스콧 피츠제럴드의 대표작. 미국에서만 한 해 30만 부 이상 팔리는 스테디셀러로, 재즈 시대를 살았던 젊은이들의 욕망과 물질문명의 싸늘한 이면을 담아 낸 명실공히 미국 현대 문학의 최고작.

★ 〈타임〉지 선정 100대 영문 소설  ★ 미국대학위원회 SAT 권장도서
★ 〈뉴스위크〉지 선정 100대 명저  ★ BBC 선정 꼭 읽어야 할 책

## 11. 오 헨리 단편선 오 헨리 지음 | 전하림 옮김

평범한 소시민의 일상과 삶의 애환을 따뜻한 시선으로 그린 오 헨리 문학의 정수로 손꼽히는 작품을 모았다. 인도주의적 가치관 위에 부조된 작가적 개성의 특출함을 만끽할 수 있다.

## 12. 셜록 홈즈 걸작선 아서 코난 도일 지음 | 민예령 옮김

세기의 캐릭터와 함께 펼치는 짜릿한 두뇌 게임. 치밀한 구성과 개연성 있는 전개, 호기심을 자극하는 독특한 설정이 포진되어 있음은 물론, 추리의 과정부터 카타르시스가 느껴지는 결말이 펼쳐져 있는 매력적인 소설.

## 13. 소공자 프랜시스 호즈슨 버넷 지음 | 원지인 옮김

사랑의 입자를 뭉쳐 만들어 놓은 것 같은 캐릭터를 통해 사랑의 선순환을 형상화한 소설. 순수한 직관과 무한한 잠재력을 지닌 동심의 세계를 느낄 수 있다.

## 14. 왕자와 거지 마크 트웨인 지음 | 황윤영 옮김

대중성과 작품성을 겸비해 '미국 현대문학의 아버지'로 평가받는 마크 트웨인의 대표작으로 '뒤바뀐 신분'이라는 숱한 드라마의 원조 격인 소설. 부조리하고 불합리한 사회상에 대한 날카로운 비판과 통쾌한 풍자 속에 역사적 지식과 상상력을 담아 냈다.

## 15. 데미안 헤르만 헤세 지음 | 이옥용 옮김

자신의 내면세계를 향해 고집스럽게 걸음을 옮긴 주인공 싱클레어의 성장을 그린 영원한 청춘의 성서. 철학, 종교, 인간을 끊임없이 탐구했던 작가의 깊이 있는 시선과 인간 내면의 양면성에 대한 치밀한 묘사가 시선을 사로잡는다.

★ 노벨 문학상 수상작가  ★ 국립중앙도서관 사서 추천도서

## 16. 말괄량이와 철학자들 F. 스콧 피츠제럴드 지음 | 민예령 옮김

재즈 시대의 자유분방한 젊은이들의 풍속도를 그린 F. 스콧 피츠제럴드의 소설집. 1920년대 고동치는 젊은이의 맥박을 생생하게 전달했다는 평가를 받는 작품들을 모았다.

## 17. 벤자민 버튼의 시간은 거꾸로 간다 F. 스콧 피츠제럴드 지음 | 민예령 옮김

70세의 노인으로 태어나 결국 태아 상태가 되어 삶을 마감하는 벤자민 버튼의 일생을 그린 환상소설을 비롯해 『위대한 개츠비』의 전신이라고 할 수 있는 F. 스콧 피츠제럴드의 작품들을 모았다. 실험적이고 혁신적인 화법으로 생생하게 형상화한 재즈 시대를 만끽할 수 있다.

### 18. 이방인  알베르 카뮈 지음 | 이효숙 옮김

출간과 동시에 하나의 사회적 사건으로까지 이야기된 알베르 카뮈의 대표작. 부조리하고 기계적인 시스템 속에서 인간이 부딪치게 되는 절망적 상황을 짧고 거친 문장 속에 상징적으로 담아낸, 작품 자체가 '이방인'인 소설.

★ 노벨 문학상 수상작가  ★ 노벨연구소 선정 세계문학 100선

### 19. 크리스마스 캐럴  찰스 디킨스 지음 | 민예령 옮김

영국의 대문호 찰스 디킨스의 작가 정신과 개성이 고스란히 담겨 있는 대표작. 19세기 영국 사회의 구조적 모순과 크리스마스 정신, 인간성의 회복을 그린 영원한 고전이자 크리스마스의 상징이 되어 버린 소설.

★ BBC 선정 영국인 애독서 100선  ★ 학교도서관사서협의회 추천도서

### 20. 이솝 우화  이솝 지음 | 민예령 옮김

2,500년 동안 이어져 온 삶의 지혜와 철학을 담은 인생 지침서이자 최고(最古)의 고전! 오랜 세월 인류가 축적해 온 지식과 철학이 함축되어 있으며 남녀노소 누구나 읽을 수 있는 인류의 고전이라 할 수 있다.

### 21. 수레바퀴 아래서  헤르만 헤세 지음 | 함미라 옮김

작가의 자전적 경험이 녹아들어 있는 헤르만 헤세의 대표적인 성장소설. 총명한 한 소년이 개인의 자유와 개성을 억압하는 딱딱한 교육 제도와 권위적인 기성 사회의 벽에 부딪혀 비극으로 치닫는 이야기를 섬세하게 그리고 있다.

★ 노벨 문학상 수상작가  ★ 서울대 선정 고전 200선  ★ 국립중앙도서관 청소년 권장도서

### 22. 너새니얼 호손 단편선  너새니얼 호손 지음 | 한지윤 옮김

『주홍 글자』로 유명한 호손은 에드거 앨런 포, 허먼 멜빌과 더불어 미국 낭만주의 문학의 3대 거장으로 꼽힌다. 이 책은 45년간 우리나라 교과서에 실리기도 했던 「큰 바위 얼굴」을 비롯해 호손 문학의 대표 단편소설 11편을 실었다.

### 23. 에드거 앨런 포 단편선  에드거 앨런 포 지음 | 황윤영 옮김

「검은 고양이」, 「모르그 거리의 살인 사건」 등으로 유명한 에드거 앨런 포는 미국 낭만주의 문학의 거장이자 단편문학의 시조이며 추리 소설의 창시자이기도 하다. 기괴하고 환상적인 소재를 통해 인간 내면의 광기와 복잡한 심리를 치밀하게 형상화한 포의 작품 중에서도 정수라고 할 수 있는 아홉 편의 단편소설을 모았다.

★ 미국대학위원회 SAT 권장도서  ★ 노벨연구소 선정 세계문학 100선

### 24. 필경사 바틀비  허먼 멜빌 지음 | 한지윤 옮김

장편소설 『모비 딕』의 작가 허먼 멜빌은 에드거 앨런 포, 너새니얼 호손과 함께 미국 낭만주의 문학의 3대 거장으로 꼽힌다. 정체불명의 필경사 바틀비의 '선호하지 않는' 태도와 철학은 갑갑한 현실 속에서 우리에게 깊은 공감과 위로를 이끌어 낸다.


*'클래식 보물창고'는 끝없이 이어집니다.